# Die Spieluhr der Madame Dupré

AF237047

Für meine Eltern Dieter und Regina und

meine Männer Markus und Moritz,

in Liebe und Dankbarkeit.

Veronika Haider, geboren 1967, lebt mit Mann
und Sohn in Bad Reichenhall.

Veronika Haider

# Die Spieluhr der Madame Dupré

**Bibliografische Information der Deutschen Nationalbibliothek**

Die Deutsche Nationalbibliothek verzeichnet diese Publikation in der Deutschen Nationalbibliografie; detaillierte bibliografische Daten sind im Internet über http://dnb.de abrufbar.

© 2018 Veronika Haider

Satz, Herstellung und Verlag: BoD – Books on Demand

ISBN 978-3-7528-3387-4

# Paris, 1896

Pierre, ein junger, aber durchaus liebenswerter Tagedieb, lässt sich zu einem Überfall auf einen Geldtransport überreden. Der scheinbar gutgeplante Coup endet in einem Desaster. Pierre muss fliehen und stellt zu allem Übel fest, dass er statt eines Geldsacks nur einen Sack voller wertloser Briefe erbeutet hat. Seine Flucht führt ihn an seine persönlichen Grenzen und an die Erkenntnis, dass er in seinem Heimatland keinen Fuß mehr fassen kann.

Zur gleichen Zeit in New York, verliert das Hausmädchen Molly ihre geschätzte Hausherrin, Madame Dupré, die ihr mehr als nur eine gute Arbeitgeberin war. An Madames Stelle tritt eine entfernt verwandte Nichte, die das Haus fortan mit harter Hand regiert. Tagtäglich den Repressalien der neuen Herrin ausgesetzt, stellt Molly verzweifelt fest, dass sie in diesem Haushalt allmählich zur niedrigsten Form einer Bediensteten degradiert wird. Ihre einzige Chance dem Dilemma zu entrinnen, wäre die Ehe mit einem gutsituierten Kutscher. Doch Molly will sich nicht in eine Notlösung drängen lassen und sucht verzweifelt nach einem anderen Ausweg.

# Irgendwo in den engen Gassen Paris, um 1896 ...

»Schuft! Elender Halunke, elender!«, hallte die geifernde Stimme der schönen Blonden hinter ihm her, während er wie vom Teufel gejagt durch die schmale Gasse rannte.

Er bog um die nächste Ecke und lehnte sich hechelnd an die bröckelnde Fassade eines der vielen baufälligen Stadthäuser.

Aus der Rue de Dome drang der würzige Duft des Marktes zu ihm herüber und augenblicklich wurde ihm bewusst, dass er schon seit Stunden nichts mehr gegessen hatte. Er griff in die Taschen seiner abgetragenen Hosen und zog einige Münzen hervor. Nicht viel, aber für ein bescheidenes Mahl würde es reichen. Als sein Atem wieder gleichmäßiger wurde, schlenderte er los. Was für ein Vormittag! In Gedanken verloren schüttelte er den Kopf. Céléstine war mürrisch geworden in den letzten Monaten und obwohl ihm bewusst war, dass sie eine gute Ehefrau für ihn gewesen wäre, hatte er sich nicht dazu überwinden können, den Rest seines Lebens mit einem zänkischen Weib zu verbringen.

Pierre betrat den überfüllten Marktplatz. Er zwängte sich durch die Menge, bis er einen Brotstand erreicht hatte. Eine Weile musste er warten, ehe er bedient wurde. Er kaufte ein Baguette und reichte dem Händler wehmütig einige Münzen. Dann schob er sich durch das Gedränge hindurch, in die entgegengesetzte Richtung, in der das Ufer der Seine lag. Mühsam entging er dem Gerempel der hektisch nach den besten Angeboten suchenden Köchinnen und Bediensteten, die in Anstellung der feinen Gesellschaft standen.

Am Ufer des Flusses angelangt, setzte er sich auf eine morsche Holzbank und teilte ritualisch das Baguette in zwei Hälften. Nachdenklich, langsam kauend, schob er ein Stück nach dem anderen in den Mund.

Was sollte jetzt werden? Ohne Arbeit, ohne Frau, die ihm bislang zumindest ein warmes Mahl bieten konnte. Wo sollte er die Nacht verbringen? Konnte er Pasquale um Unterschlupf bitten? Aber nachdem er sich monatelang von ihm ferngehalten hatte? Er konnte ihm erklären, dass Céléstine ihn mehr oder weniger dazu genötigt hatte. Nicht zu unrecht, denn schließlich war es immer Pasquale gewesen, der ihn in Schwierigkeiten gebracht hatte. Dennoch, Pasquale war der älteste, vielleicht sogar der einzige Freund den er hatte.

Also, zu Pasquale, versuchte er sich zu ermuntern und erhob sich schwerfällig von der Bank. Schleppenden Schrittes schlurfte er am Ufer der Seine entlang, bis er auf Höhe der Rue de Blanc angelangt war. Er warf einen wehmütigen Blick auf das in der Mittagssonne glitzernde Wasser und bog in die Rue de Blanc ein. Er nahm die nächste Seitenstraße und verschwand in dem Labyrinth der kleinen Gassen, die keine Namen mehr hatten. Die Fassaden wurden mit jedem Meter schäbiger. Ekelerregende Düfte drangen aus den modrigen Hausfluren. Wäscheleinen, auf denen allerlei verschlissene Bekleidung hing, waren von einer Fassade zur anderen gespannt. Die Gassen waren nur teilweise mit Pflastersteinen bedeckt, dazwischen standen stinkende Pfützen, die den Untergrund aufgeweicht hatten und deren

Feuchtigkeit stetig an den Fundamenten, der ohnehin schon morbiden Häuser, fraß.

Vor Pasquales Wohnung angelangt, stellte er sich breitbeinig in die Mitte der engen Gasse, blickte nach oben zum Fenster des Freundes und rief einige Male laut seinen Namen. Er antwortete nicht. Pierre wollte sich gerade umdrehen, als ein Stockwerk tiefer ein Fenster geöffnet wurde. Eine dicke, rotbackige Frau, mit fettigen Haaren und einem unübersehbaren dunklen Flaum über der Oberlippe, beugte sich heraus und rief zu ihm hinunter:

»Pasquale ist ausgegangen! Kennst du die Kneipe von Barracé? Dort wirst du ihn sicher finden!«

Pierre nickte höflich, hob eine Hand und bedankte sich.

»Merci Madame!«

Die Pausbackige verzog das Gesicht zu einem spöttischen Grinsen und Pierre fragte sich, ob sie sich darüber mokierte mit Madame angesprochen worden zu sein, da sie sicherlich nicht mehr als eine einfache Köchin war oder aber ihn mit einer gewissen Verachtung strafte, ob der Tatsache, dass er augenscheinlich ein Bekannter des Individuums das über ihr wohnte, war. Pasquale war ein stadtbekannter Tagedieb. Ein Nichtsnutz. Ein Schmarotzer. Ein Weiberheld. Ein Lügner, der für eine handvoll Francs seine eigene Mutter an die Guillotine liefern würde. Dennoch war Pasquale immer für ihn da gewesen. Hatte ihm immer wieder aus der Bredouille geholfen. Hatte ihm immer wieder Unterschlupf gewährt und wenn nötig sogar einige Scheine zugesteckt. Er war so etwas wie ein großer Bruder für ihn. Pierre schüttelte energisch den Kopf. Nein, korrigierte er sich in Gedanken, nein, er ist alles was ich habe. Mein einziger Freund, mein einziger Bruder, meine einzige Familie. Ohne ihn bin ich alleine. Verlassen und verstoßen vom Rest der Welt. Ich bin nicht besser als er, aber ohne ihn bin ich sogar noch weniger wert, gestand er sich ein.

Pierre wandte sich um und eilte die Gasse bis zum Ende entlang. Er bog abermals in namenlose Seitengässchen ein, bis er nach einer Weile vor Barracés Spelunke angelangt war. Er zögerte einen Augenblick, bevor er die fasrige, verwetterte Holztüre nach innen aufdrückte. Kaum stand er auf dem Absatz der ersten Stufe die in das Lokal führte, verstummten die Stimmen, die er kurz zuvor noch vernommen hatte. Als seine Augen sich an das schummrige Licht im Inneren gewohnt hatten, erblickte er Barracé umringt von einigen Männern, die ihn argwöhnisch musterten. Unter ihnen war auch Pasquale. Alle Augen waren auf ihn geheftet. Verlegen trat er die drei Stufen nach unten. Er hatte seine Hände in die Hosentaschen gesteckt und ging auf den runden Tisch zu.

»Aah! Welch ein Glanz in meinem Hause!«, rief Barracé spöttisch aus. »Hast dich lange nicht bei uns blicken lassen, mein Freund! Warst wohl eine Weile zu fein für uns, hm? Aber nun sieht es so aus, als hätten wir einen verlorenen Sohn wiedergefunden!«

Mit schweren Zungen vom übermäßigen Alkoholgenuss zu dieser frühen Stunde und johlendem Gelächter stimmten die Umsitzenden ein. Pierre blieb wie angewurzelt stehen. Unsicher, was er antworten sollte, suchte sein Blick verzweifelt Pasquales Augen um Rat.

Pasquale seinerseits jedoch erhob sich von seinem Stuhl und streckte die Arme nach ihm aus.

»Komm alter Junge! Komm an meine Brust und lass dich drücken! Ich bin froh dich zu sehen!«

Mit einem Raunen kommentierten die anderen Pasquales Geste. Dankbar über Pasquales Loyalität, ließ sich Pierre von seinem Busenfreund drücken, bis ihm fast die Luft wegblieb. Danach rempelte Pasquale seinen Nachbarn an und bedeutete ihm mit einem Nicken, er solle Platz für Pierre machen. Widerwillig rückte dieser zur Seite und ließ Pierre neben sich sitzen. »Erzähl schon, alter Haudegen! Was ist passiert, dass du dich nach all der langen Zeit wieder in unser Viertel verirrt hast?«

Unter den gespannten Blicken der Männer, die ihre Augenbrauen spöttisch abwartend nach oben gezogen hatte, stammelte Pierre hervor:

»Célestine und ich..., ach das ist eine lange Geschichte. Es hat einfach nicht mehr geklappt und da...«

»Da hat sie dich wohl rausgeschmissen!«, fiel ihm sein Nachbar ins Wort und prustete laut lachend los.

»Ja, das ist bitter!«, kommentierte ein Blondschopf, der nicht älter als zwanzig sein konnte.

»Ich sag's ja immer, die Weiber hat der Teufel gesehen! Hab ich recht?«, suchte Barracé nach Zustimmung.

Laut gröhlend riefen alle zustimmend durcheinander und gaben irgendwelche Anekdoten preis, die sie aus ihrem Erfahrungsschatz hervorkramten. Pierre sah keine Veranlassung, die Tatsache richtigzustellen. Er ließ sich von einem Kerl, der auf den Namen Bertrand hörte ein volles Glas vor die Nase schieben. Er erhob es und prostete der Männerrunde zu. Plötzlich, durch sein Schicksal solidarisiert, stießen sie einen Trinkspruch auf ihn aus.

»Auf Pierre! Auf Pierre und auf all die unglückseligen Weiber von ganz Paris, die noch nicht erkannt haben, welchen Prachtburschen sie sich da entgehen lassen!«

Pierre nickte dankend und nahm einen großen Schluck des dunklen Rotweins. Eine wohlige Wärme breitete sich in seiner Kehle aus und durchströmte langsam seinen ganzen Körper. Er lauschte schweigend den Erzählungen der Trinkkumpanen. Dicker ausgepaffter Tabakqualm umhüllte ihn. Stetig nippte er an seinem Glas und bald fühlte er sich zum ersten Mal seit langer Zeit zufrieden und geborgen.

# Zur selben Zeit, einige tausend Kilometer entfernt in New York …

»Sie können ihr jetzt die Suppe servieren, Molly«, forderte Dr. Garner auf.

Molly nickte gehorsam und eilte in die Küche. Schnell schöpfte sie die klare Brühe in einen tiefen Teller. Sie platzierte den Suppenteller auf einem Silbertablett, legte eine Serviette und einen Löffel daneben. Dann eilte sie zurück in den Flur, verharrte eine Weile vor Madame Duprés Lesezimmer und trat dann vorsichtig ein.

»Madame?«

»Komm nur, Molly! Komm nur herein!«, wies Madame Dupré sie an.

Molly trat ein. Mit geschickten Händen stellte sie das Tablett auf dem kleinen Teetischchen ab und wandte sich an die geschwächte Hausherrin, die blass und leidend in ihrem Rollstuhl saß.

»Darf ich ihnen behilflich sein?«

Madame nickte nur und ließ sich willig die dampfende Suppe einflößen. Doch schon nach drei Löffeln winkte sie ab.

»Genug! Ich kann nicht mehr.«

Molly blickte besorgt auf den beinahe vollen Teller. Mit einem flehenden Blick versuchte sie die alte Dame noch einmal zu motivieren, doch diese schüttelte nur vehement ihren Kopf von einer Seite zur anderen, wie ein Kind, das partout sein Mahl verweigert.

»Molly«, wandte sie sich an ihr Dienstmädchen, »es wird nicht mehr lange dauern mit mir.«

13

Erschrocken stellte Molly den Teller zurück auf das Tablett und starrte der alten Dame ängstlich ins Gesicht.

»Madame...«, wagte sie einen Versuch, doch diese hob ihre Hand energisch.

»Nein, nein, meine Liebe, wir wollen die Situation nicht beschönigen. Ich bin am Ende meiner Kräfte und selbst Dr. Garners Behandlungen zeigen keinerlei Wirkung mehr. Und ganz ehrlich gesprochen Molly, ich sehne mich geradezu nach meinem verdienten Seelenfrieden. Ich habe vierundachtzig Jahre durchgehalten, das ist mehr als genug.«

Madame Duprés Stimme hatte nichts von ihrer Energie eingebüßt. Nur der offensichtliche körperliche Verfall zeugte von den vielen Krankheiten, die Dr. Garner als generelle Altersschwäche bezeichnete. Madames einst rosige Wangen waren nun aschfahl und schienen unnatürlich eingefallen. Ihre blauen Augen lagen wie matte Spiegel in tiefen Höhlen. Selbst die bezaubernden Lachfalten, die sich wie Sonnenstrahlen von den Augen zu den Schläfen zogen, hatten ihren Charme verloren und glichen heutzutage eher tiefen, gespenstischen Furchen.

»Komm, Molly! Setzt dich hierher«, forderte sie auf.

Molly rückte sich das bestickte Fußbänkchen zurecht und nahm vor Madame Dupré Platz. Augenblicklich streckte die alte Dame ihre Hände nach der jungen Frau aus und nahm deren Hände, die von der vielen Arbeit hart und unansehlich geworden waren, in die ihren. Nachdenklich blickte Madame auf die Schwielen, die sich über Mollys Hände ausgebreitet hatten und dann auf ihre eigenen, die von der Gicht verformt, mit wulstigen Adern überzogen waren.

»Sieh uns nur an, Molly! Die eine alt und hässlich, die andere zu jung, um solche Schwielen zu tragen! Das ist unser Schicksal. Von Gott gewollt. Von Gott gegeben. Und nun trennt er mich vom Einzigen, das mich tagein, tagaus erfreut hat. Meine Molly. Mein Engel. Meine...«, sie zögerte, doch dann sprach sie aus, was sie schon längst hätte sagen wollen und so lange verschwieg, angesichts der Unterschiede, die die beiden Frauen trennten. »Meine Freundin. Meine herzallerliebste Molly. Gott hat mich um die Freude gebracht Kinder gebären zu dürfen. Aber Gott hat mir dich gesandt und glaube mir, ich liebe dich, wie ein eigenes Kind.«

Kaum waren die Worte an Mollys Ohr gedrungen, bahnten sie sich einen Weg direkt in ihr Herz. Eine Woge süßen Schmerzes übermannte sie. Nie hatte sie solch innige Worte vernommen. Nicht von der eigenen Mutter, die sie immer als Belastung, denn als Tochter gesehen hatte, nicht von dem Stiefvater, dessen einzige Aufmerksamkeit aus Schläge und Schimpfe bestand. Molly legte ihr Gesicht auf die Knie der alten Dame und ließ ihren Tränen hemmungslos freien Lauf.

»Es ist zu schade, dass ich dich nicht mitnehmen kann, Molly. Ich werde dich sehr vermissen. Denk an mich.«

Molly blickte mit tränenüberströmten Gesicht nach oben.

»Madame..., ohne ihre Hilfe, ohne ihre Großmut, ihre Geduld und Güte, wäre aus mir nichts geworden. Sie haben mich immer gut behandelt. Bei ihnen habe ich mich mehr zu Hause gefühlt, als irgenwo anders in dieser großen Stadt.«

Die betagte Französin blickte liebevoll auf Molly hinab. Ein Lächeln umspielte ihren faltigen Mund, der sich in letzter Zeit mehr und mehr nach innen gezogen hatte.

»Mon Dieu! Ich werde den Tag nicht vergessen, als du hier aufgetaucht bist. Was für ein verwahrlostes Straßenkätzchen du warst. Keine neun Jahre alt und schon von zu Hause fortgeschickt, um in meine Dienste zu treten. Ich erinnere mich genau. Du warst so verschüchtert, so schmutzig und so mitleiderregend, dass ich Mathilda erst einmal bat, dich zu säubern und zu kleiden. Aber..., oh was für ein gelehriges, wissbegieriges Spätzchen man mir da gesandt hatte! Erinnerst du dich noch, als ich dir zum ersten Mal die Buchstaben erklärt habe?«

Molly nickte.

»Oh ja! Ich weiß es noch genau. Ich werde es nie vergessen, Madame«, lachte Molly glücklich. »Ich war ein ungeschicktes Gör und hatte ihr Ausgehkleid beim Plätten versengt. Sie hatten nach mir gerufen und mich in das Teezimmer zitiert. Dann befahlen sie mir mit strenger Miene, den Satz – Ich darf Madames Kleidung nicht verbrennen! – einhundert Mal zu schreiben.«

»Woraufhin du nur ganz empört erwidert hast – Aber Madame, ich kann doch gar nicht schreiben!«, vollendete Madame Dupré die Erinnerung.

»Ja und dann haben sie mir genau diesen Satz auf einen ihrer wunderbaren Briefbögen geschrieben. Ich habe die ganze Nacht damit verbracht, ihre Handschrift Strich für Strich zu kopieren. Hätten sie sich nicht immer wieder um mich bemüht, ich hätte nie Lesen und Schreiben gelernt. Sie können nicht ermessen, wie unendlich dankbar ich ihnen bin, dass sie mir ihre Geduld zuteilwerden ließen.«

»Ach, papperlapapp! Geduld, Güte! Was für hohle Worte«, entwertete sie das Kompliment aus Verlegenheit und fuhr mit verschwörerisch gesenkter Stimme fort: »Mir war langweilig! Ich wusste nicht was ich mit mir anfangen sollte. Eine Witwe die bereits neunundsechzig Lenze zählte, zu alt, um in der Gesellschaft eine Rolle zu spielen, zu jung zum Sterben und zu Tode gelangweilt. Was hilft eine großzügige Hinterlassenschaft, wenn man nichts damit anzufangen weiß? Mein Mann hat mich hier alleine zurückgelassen. Alleine und ohne Aufgabe. Und dann bist du gekommen. Du warst sozusagen meine Herausforderung. Und glaube mir, meine Liebe, jede Minute hat sich gelohnt. Du bist eine fleißige Schülerin gewesen und ein gutes, aufrichtiges Hausmädchen. Mit deiner kindlichen Unbefangenheit, hast du dich einfach in mein Herz geschlichen. Und wenn ich denke, wie gewissenhaft du nach Mathildas Tod auch noch ihre Aufgaben übernommen hast. Ich hätte nie gedacht, dass ich einmal eines meiner Mädchen so sehr schätzen lernen würde. Du hast dich bewiesen. Sieh dich an! Du kannst perfekt lesen und schreiben. Du kannst dich gewählt artikulieren. Du sprichst nicht nur ein gepflegtes Englisch, nein meine Liebe, auch dein Französisch ist ohne Makel. Naja, am geschriebenen Französisch musst du noch ein wenig arbeiten, aber ich bin zuversichtlich, dass dir auch das gelingen wird. Außerdem zeigst du eine Leichtigkeit bei allen Gesellschaftstänzen und dein musikalisches Gehör ist auch nicht zu unterschätzen. Voilà! Was kann man mehr verlangen? Selbst Damen adeliger Herkunft können dir das Wasser nicht reichen!«

Errötet ob des vielen Lobes, drückte Molly die knochigen, adrigen Hände fest.

»Danke, Madame. Danke für alles was sie für mich getan haben in diesen fünfzehn Jahren. Ich werde ihnen das nie vergessen. Möge Gott sie für immer beschützen.«

Die alte Dame räusperte sich und wurde mit einem Male sehr ernst.

»Es gibt da noch etwas zu klären. Und ich will es tun, solange mich mein Geist noch nicht im Stich lässt.«

Molly blickte sie erwartungsvoll an. Wie immer, wenn Madame etwas auf dem Herzen lag, wurde ihr Akzent deutlicher hörbar.

»Alors, meine Gute. Ich habe Mr. Phillip Fork als meinen persönlichen Nachlassverwalter bestellt. Wie du weißt, besteht der Rest meiner Familie nur noch aus einer weitschichtig verwandten Nichte, die seit einigen Monaten mit knapp dreißig Jahren zur Witwe wurde. Zuletzt habe ich sie bei der Beerdigung meines Gatten gesehen. Seither sind beinahe sechzehn Jahre vergangen. Ich kenne Madame Yvette de Castanac nicht wirklich persönlich. Sie war ein junges Mädchen bei unserer letzten Zusammenkunft. Doch weiß ich aus sicherer Quelle, dass sie einen sehr angesehenen Edelmann zum Gatten hatte. Leider, und das ist höchst bedauerlich, war der Gute nicht nur fremden Frauen, sondern auch dem Glücksspiel verfallen. Nach seinem Tod kamen einige Unannehmlichkeiten zu Tage, unter der seine Reputation immens gelitten hat. Bedauerlicherweise auch die seiner verwitweten Ehefrau. Nun, wie das Leben so grausam spielt, konnte die junge Dame in Paris nicht Fuß fassen. Obwohl an ihrer Ehrwürdigkeit nicht im Geringsten zu zweifeln ist, hat die blasierte Gesellschaft sie einfach ausgeschlossen. Sie lebt, soweit mir bekannt ist, sehr isoliert auf dem Landgut ihres verstorbenen Mannes, welches aber hoch verschuldet und zudem noch äußerst baufällig ist. Ich habe Mr. Fork gebeten, ihr nach meinem, bald zu erwartenden Ableben, ein beglaubigtes Schreiben zukommen zu lassen, in der ich ihr dieses Stadthaus in New York vermache. Sie kann darin wohnen oder es aber veräußern. Das obliegt ihrem Gutdünken. Ich würde erwarten, sie sehr bald als die neue Herrin dieses Hauses zu sehen. Das ist womöglich Yvette de Castanacs einzige Chance wieder ein wirkliches Leben zu leben.«

Molly nickte bedächtig. Ihre Augen verrieten große Unsicherheit. Als Madame dieses bemerkte, tätschelte sie beruhigend ihre Hand und versicherte:

»Keine Sorge, meine liebe Molly. In dem Schreiben steht, dass dieses Haus nur in Madames Besitz übergeht, wenn sie die darin lebende Haushälterin mit übernimmt.«

Molly Gesicht spiegelte eine gewisse Erleichterung wider, gepaart mit überwältigender Trauer, mit dem Unvermeidbaren scheinbar in Bälde konfrontiert zu werden.

»Deine Stellung ist dir sicher. Egal, wie Madame zu dir steht, sie kann dich nicht entlassen, nur und das ist ebenfalls in jener Klausel enthalten, gegen eine angemessene Abfindung, die Mr. Fork aus deinem Beschäftigungsverhältnis über die Jahre errechnen wird. Mr. Fork wird als dein persönlicher Berater fungieren, wenn du das wünschst, Molly.«

Molly nickte abermals. Sie schluckte, um die Enge in ihrem Hals zu beseitigen.

»Aber Madame, wie, wenn ich fragen darf, wird Madame de Castanac ihren weiteren Lebensunterhalt bestreiten, so ganz alleine…, ich meine ohne…«

»Dafür werde ich sorgen, Molly. Sie wird nicht lange alleine sein. Es gibt da einen jungen Mann, der sich sicherlich um meine Nichte kümmern wird. Bedauerlicherweise hat eine Witwe keine andere Wahl. Sie kann einen Galan ablehnen, aber es wäre töricht. Mehr als töricht. Sie wäre verdammt zu einem Leben außerhalb der Gesellschaft und immer dem finanziellen Ruin nahe.«

Madam Dupré schloss ihre Augen für einige Sekunden. Molly erhob sich vorsichtig und war gerade im Begriff, nach weiteren Wünschen zu fragen, als Madame ihr Einhalt gewährte.

»Molly, auch für dich habe ich eine Hinterlassenschaft. Es ist nicht viel, aber es wird dir helfen.«

»Oh…, oh Madame…, ich will das gar nicht! Sie haben mir so viel gegeben, dass ich nicht…«

»Schweig!«, potestierte die alte Dame. »Du hast *mir* so viel gegeben, dass es nur wie eine beschämende Vergütung erscheint. Aber du wirst den Wert erkennen, sobald du es in Händen hältst.«

»Merci Madame, c'est tres generouse! Ich bin sehr dankbar«, freute sich Molly und kniete sich noch einmal nieder, um der alten Dame, die ihr immer wie eine Großmutter war, die Hände zu küssen. Diese strich Molly sanft übers Haar und prophezeite in feierlicher Stimme:

»Du wirst ein gutes Leben führen Molly MacSims! Eines Tages wirst du einem wunderbaren Mann begegnen und bis an dein Lebensende glücklich sein. Du musst nur abwarten können und bei Gelegenheit die Chance am Schopfe packen und nicht mehr loslassen! Hörst Du! Lass dir deine Chance nicht entgehen! Du hast sie dir verdient, Molly MacSims!«

Kaum hatte Madame Molly gebeten, den Raum wieder zu verlassen, um sich dem weiteren Tagesablauf zu widmen, schob sie sich mühsam mit ihrem Rollstuhl nach vorne zu dem massiven Sekretär. Ihr Atem ging schnell. Die geringste Anstrengung ließ ihre Lungen unerträglich schmerzen. Sie musste sich erst sammeln, bevor sie die Schublade öffnete und ein Kuvert entnahm. Ihre knochigen Hände falteten die Lasche vorsichtig auseinander. Zufrieden betrachtete sie den Inhalt.

»Das wird dir genügen, um ein gutes Leben zu führen, Molly«, sprach sie flüsternd zu sich selbst. »Ich werde es für dich an einem sicheren Platz deponieren. Und du..., du wirst es finden. Du wirst es finden, wenn du es brauchen solltest. Das weiß ich. Ich weiß es genau.«

# Zurück in Paris, ...

... hatte Pierre, Gott sei's gedankt, bei Pasquale Unterschlupf gefunden.

Gleich am nächsten Morgen waren Pierre und Pasquale zusammen durch die schmutzigen Gassen der Stadt gezogen. Sie trafen sich zur Mittagszeit mit alten Bekannten und leerten mehrere Flaschen schweren Bordeaux. Als die Sonne sich dem Untergang näherte, fanden sie sich gemeinsam in Barracés Kneipe ein. Sie setzten sich zu einer Runde von Männern, die Pasquale gut genug zu kennen schien, um sich von ihnen aushalten zu lassen. Abgesehen davon, dass Pierre völlig abgebrannt war und keine Ahnung davon hatte, wie er die nächsten Tage ohne die Hilfe des Freundes überstehen würde, ging es dem wiedergeborenen Lebemann bestens. Er hatte beinahe vergessen, wie unbeschwert man in den Tag hineinleben konnte. Was kümmerte da eine geregelte Arbeit? Oder aber eine Familie? Ein warmes Mahl? Nichts von alledem vermisste er wirklich. Und ein frisches Baguette, in süßen Milchkaffee getunkt, ist ohnehin das nahrhafteste, das Gott dem Menschen bescheren kann, so kam es Pierre vor.

Als Barracé die Kneipentüre verriegelte, torkelten die beiden, sich gegenseitig stützend, die Gassen entlang. Sie grölten Sauflieder in die sternenklare Nacht hinaus und ließen sich nicht von den Rufen der Menschen stören, die ärgerlich aus den Fenstern schimpften und nach Ruhe verlangten.

Pierre begnügte sich mit einem bescheidenen Lager, das aus einer einzigen Decke, die er über den Holzboden gebreitet hatte, bestand und wahrlich wenig komfortabel war. Er streckte sich auf seinem Lager aus und fiel alsbald in einen tiefen, traumlosen Schlaf.

Gemütlich war es hier bei Pasquale, empfand er zufrieden. Auch wenn die Unterkunft des Freundes mehr einer Räuberhöhle, denn einer anständigen, gutbürgerlichen Bleibe glich. Pierre störte sich nicht an der Unordnung, auch nicht daran, dass er sich an den spröden Holzplanken des Dielenbodens unzählige Schiefer eingezogen hatte. So, ja so könnte es immer bleiben, waren seine letzten Gedanken für diesen Tag.

Der Brummschädel am nächsten Morgen holte ihn in die Wirklichkeit zurück.

»Aaah!«, stöhnte er und fuhr sich mit den Fingern durch das Haar. »Pasquale, alter Kumpel, ich glaube ich muss sterben!«

»Red keinen Unsinn, Dummkopf! Ich werde uns etwas zu essen besorgen und dann geht es dir gleich besser.«

»Ich weiß nicht. Ich kann gar nicht ans Essen denken, ohne dass es mir den Magen verdreht.«

»Jammer nicht! Du bist nichts mehr gewohnt. Dieses Weib, diese Céléstine hat dich zu einem Pantoffelhelden verweichlicht. Deine Innereien sind nur noch Gemüsesuppe und Braten gewohnt. Keine Sorge, wir kriegen dich schon wieder in Form.«

Damit verließ Pasquale die Wohnung, um kurz darauf mit etwas Brot, einem großen Stück Käse und einer Flasche Rotwein zurückzukehren. Beim Anblick der Flasche hob Pierre abwehrend die Hand und wandte seinen Blick angewidert zur Seite. Doch der Freund ignorierte seine Geste und füllte ihm einen Becher bis zum Rand.

»Na los, trink schon! Dann geht es dir gleich besser!«
Widerwillig nahm Pierre den Wein entgegen und nippte zögerlich daran. Dann nahm er einige Bissen von dem fettesten Käse den er je gekostet hatte und spülte einen großen Schluck hinterher. Wie durch Zauberei schien sich sein Zustand mit jedem Bissen, mit jedem Schluck zu bessern und bald befand er, dass dies das köstlichste Frühstück sei, das er seit langem genießen durfte. Céléstine hatte jeglichen Alkohol untersagt und dafür gesorgt, dass er nie zu viel Geld in den Taschen hatte, welches er in die Kneipen hätte tragen können. Mit Argusaugen hatte sie über ihn gewacht. Wie der Finanzminister persönlich hatte sie ihm seine Rationen zugeteilt, die bis zum Ende der Woche reichen mussten. Wie nur um alles in der Welt hatte er es angestellt mit einer handvoll Münzen zu überleben? Asketisch und unterwürfig war er gewesen! Nicht Manns genug, sich gegen eine weibische Regierung durchsetzten zu können. Nein, im Gegenteil, eine gewisse Befriedung war es ihm gewesen, nicht mehr selbst denken zu müssen. Wie eine Mutter hatte Céléstine ihm gesagt, was er zu erledigen hatte, welche Arbeiten er annehmen solle und wann er wieder nach Hause zu kommen hatte. Sie duldete keine Unpünklichkeit. Keine Ausnahmen. Keine Entgleisungen.

Na, zugegebenermaßen, waren die letzten Monate nicht wirklich unerträglich gewesen. Die Frau, die sich selbst zu seiner Verlobten erhoben hatte, hatte ihm schließlich ein warmes Bett, ein nahrhaftes Mahl und Liebe geboten. Letzteres zwar nur, wenn er pariert hatte, aber immerhin!

»Was sind deine Pläne für heute, Pasquale?«, fragte Pierre, als sein Magen gut gefüllt und beruhigt war.

»Ich muss gegen Mittag weg. Einige Geschäfte erledigen.«

»Geschäfte?«

»Nichts Besonderes, aber schließlich muss man ja von etwas leben.«

»Welche Geschäfte sind das denn?«

»Och…, das ist etwas sehr Persönliches«, kam Pasquales Auskunft vage.

»Du kannst nicht darüber sprechen? Du willst nicht darüber sprechen?«

»Oh doch, ich kann es dir erzählen, aber es wird dich nicht sehr interessieren.«

Seine Neugierde noch mehr geschürt, lehnte sich Pierre über die schmutzige Tischplatte und blickte seinem Gegenüber tief in die Augen.

»Ich bin ganz Ohr, alter Freund. Denn wenn man mit gewissen Geschäften Geld verdienen kann, dann interessiert es mich sehr wohl.«

»Kurz erzählt…, es hat sich eine Gelegenheit geboten, jemanden gegen Bezahlung gewisse Gefälligkeiten zu erweisen…, wenn du verstehst, was ich meine«, versuchte Pasquale sich aus dem Gespräch zu winden.

»Na los, lass mich in deine Karten schauen! Vielleicht kann ich diesem Jemand auch einen Gefallen erweisen, gegen einen geringen Ausgleich.«

»Nein, das wird nicht möglich sein. Du wirst dich selbst um eine Arbeit bemühen müssen, mein Guter. Für zwei wirft dieses Geschäft nicht genug ab.«

»Erkläre es mir doch endlich!«, rief Pierre ungeduldig

aus und fuchtelte dabei beschwörend mit den Händen in der Luft herum.

»Na schön, aber du musst mir dein Ehrenwort geben, dass du niemanden ein Sterbenswörtchen davon erzählst.«

Pierre nickte. Er lehnte sich noch näher dem Freund entgegen und sperrte seine Ohren gespannt auf.

»Du kennst die Gasse hinter der Oper?«

»Welche? Die, die in Richtung Stadtmitte führt?«

»Nein, die kleine schmuddelige Gasse, die direkt hinter der Oper in die Gegend führt, in der Louis..., du erinnerst dich an den einarmigen Louis, nicht wahr? Na, jedenfalls hat dieser Louis ein Etablissement in der Nähe der Oper. Du verstehst, er hat ein paar Damen und einige Zimmer. Nichts Aufregendes, aber er kann sich ein gutes Leben davon leisten. Jedenfalls sind zwei seiner Damen nicht mehr an seinen Konditionen interessiert gewesen und so habe ich beschlossen, diesen, übrigens wirklich ehrwürdigen Mädchen, wenn man sie nicht nach ihrem Beruf beurteilt, einige Gefallen zu erweisen. Und so geht das..., eine Hand wäscht die andere. Ich nehme nur eine kleine Umsatzbeteiligung, schließlich müssen die jungen Dinger auch von etwas leben und ich habe vergleichsweise bescheidene Ausgaben. Du verstehst, gewisse Kleidung, etwas Rouge und Lippenfarbe, das kostet. Mehr als wir davon verstehen. Und ich bin kein Schurke, ich will mich nicht bereichern, wenn es mir ja im Grunde genommen nicht zusteht. Daher bin ich...«

»Junge! Ein Zuhälter bist du also geworden!«, rief Pierre ungläubig aus. »Du lebst von den Huren!«

»Nein! Nein, nenn sie nicht so! Sie sind anständige Mädchen. Eben nicht aus reichem Hause stammend, aber sie haben Manieren und sie sehen teuflisch gut aus. Sind übrigens Schwestern. Also falls es dich interessiert, dann...«

»Du bist ein rechter Teufelskerl, Pasquale! Um dich braucht man sich keine Sorgen zu machen, so scheint es! Du landest immer auf deinen Füßen, wie eine Katze, die vom Dach fällt! Ich muss schon sagen, um Einfälle bist du nicht verlegen. Dennoch, das ist nichts für mich. Also keine Sorge, alter Junge, ich werde dir nicht in die Quere kommen. Doch solltest du von einem lukrativen Geschäft hören, dann lass es mich wissen. Ich brauche ein paar Francs und das möglichst bald.«

»Wenn das so ist, da wüsste ich schon jemanden, den du fragen könntest.«

»So?«

»Kannst du dir vorstellen, dass meine beiden Vögelchen einen sehr bekannten Cousin haben? Rate mal wer?«

»Keine Ahnung«, sagte Pierre und zuckte mit den Schultern.

»Der Korse!«

»*Der* Korse?«

»Genau der!«

Pierre hatte die Augen aufgerissen und starrte Pasquale ungläubig an. Er rieb sich die Stirn und schüttelte dabei nachdenklich den Kopf.

»Aber ich dachte, der hakennäsige Bastard würde schon in der Hölle schmoren.«

»Das glauben alle. Alle, einschließlich der Gendarmerie. Aber weit gefehlt! Der Korse weilt unter den Lebenden. Er hat einen Mittelsmann, mit dem ich dich bekannt machen kann. Keiner kann mit dem Korsen persönlich Kontakt aufnehmen. Man munkelt, er sei von einem Gendarmen so schwer verletzt worden, dass sein Gesicht entsetzlich entstellt sei und er sich daher versteckt hält, um den Spott der Leute nicht über sich ergehen lassen zu müssen.«

»Alle Achtung! Und du glaubst, er hat Arbeit für mich?«

»Ich bin mir ganz sicher. Er plant etwas, wovon ich weiß.«

»Sieh einmal an. Du bist mir ein recht ausgeschlafenes Früchtchen! Da hast du wohl schon etwas in petto und lässt mich die ganze Zeit Rätselraten.«

»Ich musste doch erst sehen, ob man dir wieder vertrauen kann oder ob du plötzlich wieder kalte Füße bekommst und dir bei nächster Gelegenheit wieder eine Matrone angelst, die dich auf den Pfad der Tugend schubst.«

»Nein, die Gefahr besteht nicht mehr. Ich habe genug gutbürgerliche Luft geschnuppert und habe für mich befunden, dass ich dieses Klima nicht so recht vertragen mag.«

»Recht so!«, rief Pasquale erfreut aus und schlug dem verdutzten Pierre kräftig auf die Schulter.

»Nun verrate mir, Pasquale, was ist es, das der Korse plant.«

»Es geht um viel Geld. Die Bezahlung wird also mehr als großzügig sein. Allerdings wird es kein Kinderspiel werden. Es fehlt ihm noch ein Mann und es scheint, ich bin derjenige, der ihn gefunden hat.«

»Und der Plan?«

»Raub. Postraub.«

»Das kommt gelegen. Damit kenne ich mich aus.«

»Aber Pierre, ich spreche nicht von Dieberei, sondern von einem großen, wirklich großen Ding. Es gibt viel zu gewinnen, aber auch eine Menge zu verlieren. Hier geht es nicht um die Brieftasche eines Edelmannes«, hielt Pasquale ihm vor Augen, um zu prüfen, ob die geäußerten Zweifel den Kameraden von dem Vorhaben abbringen könnten.

»Gut! Mir musst du nichts erzählen. Ich bin bereit. Bring mich zu dem Kerl, der mit dem Korsen zu tun hat!«, bat Pierre zur vollsten Zufriedenheit des Freundes, wild entschlossen.

# Einige Tage später in New York, ...

... die Sonne stand noch nicht sehr hoch am Himmel, dennoch brannte sie um diese frühe Morgenzeit schon unbarmherzig auf die Menschenmassen hinunter, die versuchten, sich einen Weg durch den verstopften Fischmarkt zu bahnen. Mollys Korb war zum Überquellen gefüllt. Sie schleppte sich stöhnend durch die engen Gässchen, die von Marktständen gesäumt waren. Als sie endlich an Ewans Stand angelangt war und die lange Schlange Wartender sah, gab sie resigniert auf. Sie würde den Speiseplan ändern. Abermals zwängte sie sich durch die Menge. Der Korb war schwerer geworden als sie zuvor ahnen konnte. Sie wechselte alle paar Meter den Arm, um die Last besser zu verteilen. Der Korbhenkel markierte ihre Unterarme mit einem Abdruck, der ihre Haut quaddeln ließ. Ohne den Blick von der Straße zu nehmen, schritt sie trotz der schweren Einkäufe zügig aus. Madame sollte nicht zu lange alleine bleiben, rief sie sich immer wieder in Erinnerung. Zwar hatte ihr Zustand sich seit Tagen nicht verändert, aber man konnte ja nie wissen.

Sie betrat den Central Park durch eines der großen schmiedeeisernen Tore. Balgende Kinder auf dem Weg zur Schule und streunende Hunde kamen ihr entgegen. Ansonsten war es noch ruhig um diese Stunde. Nach wenigen Metern verließ sie den Park wieder und bog nach Osten ab. Das stattliche Brickhaus lag im Schein der Morgensonne. Molly stieg die fünf Stufen zur Haustüre hinauf und steckte den Schlüssel in das Schloss. Als sie eintrat, tat sie ihre Ankunft kund, um die alte Dame nicht zu erschrecken. Laut rief sie in die Eingangshalle:

»Ich bin wieder da, Madame!«

Da sie nicht mit einer Antwort rechnete, verschwand sie sofort in der Küche, um die Lebensmittel ordnungsgemäß zu verstauen. Keine fünf Minuten hatte sie dazu benötigt. Dazwischen schob sie den Wasserkessel auf die Herdplatte und fachte ein Feuer im Ofen an. Dann holte sie einen Porzellanteller aus dem Wandschrank, legte eine Scheibe Brot darauf und bestrich diese mit etwas Butter. Sie prüfte die Herdplatte, indem sie sie mit Wasser bespritzte. Wild zischend quirlten die Tropfen auf dem heißen Untergrund herum, ehe sie sich in Nichts auflösten.

Molly nahm eine Pfanne vom Haken und platzierte sie in der Herdmitte. Nach einer Weile schnitt sie ein Stück Butter hinein und beobachtete, wie das gelbe Fett sich langsam verflüssigte. Dann schlug sie zwei Eier in die Pfanne und briet sie von beiden Seiten. Als die Eier die gewünschte Bräune hatten, ließ sie sie aus dem Fett auf den Teller gleiten. Zufrieden mit dem Ergebnis, richtete sie den Teller auf einem Tablett an, auf dem bereits eine schlanke Silbervase stand, in der eine einzige Rose steckte. Madame liebte Rosen. Sie sagte immer, der Duft erinnere sie an die Spaziergänge in den Tuilerien.

Molly nahm das Tablett und verließ die Küche. Sie würde Madame erst ihr Frühstück und hinterher, so wie sie es jeden Tag wünschte, den Tee servieren. Molly stieg die Treppe zur ersten Galerie nach oben und begab sich zum Schlafzimmer der Hausherrin. Davor angelangt bat sie um Einlaß. Sie wartete geduldig auf Madames

Zustimmung und trat dann ein. Die grauhaarige Dame hatte sich in ihrem Bett halb nach oben gesetzt. Molly trat nach vorne, stellte das Tablett mit den duftenden Eiern ab und half Madame sofort, sich richtig aufzusetzten. Mit geschickten Handgriffen schob Molly ihr eine Unzahl von dicken Federkissen in den Rücken, bis sie aufrecht saß.

»Gut geschlafen?«

»Ja, danke, Molly. Ich glaube der Mond nimmt wieder ab. Das bekommt meiner Nachtruhe besser.«

»Darf ich die Vorhänge schon öffnen oder bevorzugen sie eine Lampe?«

»Ist es ein herrlicher Tag?«

»Ganz besonders herrlich.«

»Dann kannst du sie zurückziehen.«

Molly tat wie ihr aufgetragen und schob die schweren Brokatvorhänge zur Seite. Augenblicklich durchflutete das gelbe Sonnenlicht den Raum. Kleine Staubpartikelchen tanzten fröhlich im Strahl des Lichtes und erinnerten Molly an noch ungetane Arbeiten. Sie ging zum Bett zurück und stellte einen Betttisch aus Nussbaumholz über Madames Beine. Vorsichtig servierte sie die Eier, legte eine Serviette neben den Teller und reichte Madame Dupré das Silberbesteck. Die alte Dame griff danach, zitterte aber so heftig, dass das Messer mit lautem Geschepper zuerst auf den Tellerrand schlug und schließlich zu Boden fiel. Erschrocken griff Molly nach Madames Händen und dem schwankenden Betttisch.

»Mon Dieu!«, rief Madame überrascht aus. »Ich bin heute sehr ungeschickt. Das tut mir leid Molly. Oh sieh nur, der Teller hat einen Sprung! Wie dumm von mir! Das Geschirr meiner seligen Mutter!«

»Bitte Madame…, bitte grämen sie sich deshalb nicht. Sehen sie doch nur! Es ist nur eine winzige Ecke die fehlt. Man sieht es kaum.«

Madame blickte auf und lächelte Molly beruhigend an. Sie streckte ihre knochige Hand nach ihr aus. Molly nahm sie in die ihre und drückte sie leicht.

»Es ist ja nur ein Teller, nicht wahr?«

»Ja, Madame…, nur ein Teller.«

Damit entließ sie die Bedienstete wieder, die mit dem schmutzigen Messer in der Hand die Treppe hinunter-eilte, zurück in die Küche, wo sie ein neues Messer aus dem Schubfach holte, es auf einen Teller legte und ge-schwind in Madames Zimmer trug.

»Den Tee in einer halben Stunde, Madame?«

»Ja, meine Gute, wie immer«, antwortete sie nickend. »Es ist wirklich ein herrlicher Tag, Molly. Wir sollten versuchen einen Ausflug in den Park zu machen. Was denkst du?«

»Gerne, Madame!«, erwiderte Molly erfreut und wun-derte sich, wann die gebrechliche Dame das letzte Mal das Haus verlassen hatte. Es mussten Wochen seither vergangen sein. »Ich werde den Rollstuhl bereitstellen. Sobald sie ihren Tee getrunken haben, helfe ich ihnen beim Ankleiden. Auf diese Weise können wir noch vor der ärgsten Mittagshitze im Park sein.«

»Sehr schön! Ich fühle mich heute sehr gut, Kindchen. Ich kann es kaum erwarten, nach draußen zu kommen und fremde Menschen zu sehen. Wie ich das Leben vor der Türe vermisse! Und den Duft der Blumen und Blät-ter!«, rief sie übermütig und melancholisch zugleich aus.

Molly nickte lächelnd und zog sich leise zurück, um Madame nicht zu stören, die sich scheinbar in ihrer Vorfreude verloren hatte und nun beinahe geistesabwesend auf ihren Teller starrte.

In der Küche brodelte mittlerweile das kochende Wasser aus dem Teekessel heraus und ergoss sich schubweise, mit ärgerlichem Gezische, auf die Herdplatte. Mit einem Topflappen bewaffnet, nahm Molly den Kessel etwas vom Ofen zurück. Sie gönnte sich selbst ein schnelles Frühstück, das aus trocken Brot und warmer Milch bestand. Ein Blick auf die Uhr verriet ihr, dass es Zeit für den Tee war. Also goss sie das heiße Wasser in die Teekanne, in die sie zuvor eine Blattmischung feinsten Chinatees gestreut hatte. Wieder richtete sie ein Silbertablett zurecht, auf das sie die Kanne, ein Teesieb, eine Tasse mit Unterteller, ein Schälchen Zucker und ein Kännchen Milch stellte. Vorsichtig darauf bedacht nichts zu verschütten, machte sich Molly abermals auf den Weg.

Vor Madames Zimmer bat sie um Einlass, bekam aber keine Antwort. Als sie ein zweites Mal, etwas lauter ihre Bitte wiederholte, aber wieder keine Antwort vernahm, balancierte sie das Tablett geschickt auf einer Hand und betätigte die Klinke zögerlich. Sie öffnete die Türe einen kleinen Spalt und rief sachte hindurch:

»Darf ich eintreten, Madame?«

So sehr sie auch lauschte, sie konnte nichts hören. Mit dem Fuß schob sie die Türe weiter auf und linste verstohlen in das Innere des Zimmers. Madames Kopf war zurück in die Kissen gesunken. Ihre Augen geschlossen. Sie war wieder eingenickt! Molly öffnete die Türe vollständig und schlich sich nach vorne, bis zu einem kleinen

Beistelltisch, auf dem sie das Teetablett abstellte. Dann näherte sie sich leise der alten Dame, um das Frühstücksgeschirr vom Betttischchen zu nehmen. Missbilligend stellte sie fest, dass Madame Dupré kaum etwas von den köstlichen Eiern berührt hatte. Molly wollte das Tablett ausheben, als sie sah, dass Madames Hand noch die Gabel umschlossen hielt. Sachte versuchte das Mädchen der Schlafenden die Gabel zu entlocken. Doch wie sie es auch anstellte, die alte Dame lockerte ihren Griff nicht. Stur behielt sie das Silberbesteck in ihrer Hand. Molly berührte zart ihre Finger, um sie vorsichtig einer nach dem anderen zu öffnen. Doch der Griff blieb stählern verschlossen. Und in diesem Augenblick fiel es Molly auf. Der Brustkorb von Madame hob sich nicht und obwohl Molly nahe am Gesicht der alten Dame war, verspürte sie nicht den geringsten Lufthauch ihres Atems. Wie eine Lanze durchbohrte die schreckliche Gewissheit sie. Madame Dupré schlief nicht. Madame Dupré war soeben verschieden!

# In einer üblen Spelunke, zu nachtschlafender Zeit, ...

... hatte Pierre sich mit dem Mittelsmann des Korsen, der auf den Namen Fernand hörte, getroffen. Fernand war ein unangenehmer Bursche, mit einem pockennarbigen Gesicht und schütterem, ungepflegt langem Haar. Auch schien ihm Wasser und Seife fremd zu sein. Ein süßlich, klebriger Duft strömte aus seiner speckigen Kleidung. Pierre hatte Mühe, seinen Ekel nicht offenkundig werden zu lassen. Er rückte ein Stück zur Seite, als wolle er dem Kerl ein wenig mehr Platz auf der Holzbank zugestehen, doch dieser blieb wie eine Klette an ihm haften und schloss die Lücke wieder.

»Du weißt also Bescheid?«, flüsterte Fernand, obwohl niemand ihr Gespräch belauschen konnte. Die Spelunke war zum Bersten voll und ein beinahe unerträglicher Geräuschpegel machte jeglichen Versuch eines Lauschangriffes zunichte.

»Ja..., ja doch! Wir haben es doch schon hunderte Male durchgekaut!«

»Sei nicht ungeduldig, mein junger Freund! Der Korse duldet keine Fehler. Du weißt was dir blüht, wenn du's vermasselst!«, drohte der Mittelsmann und fuhr sich symbolisch mit dem ausgestreckten Zeigefinger an der Kehle entlang.

Pierre schluckte hart, denn er wusste, mit dem Korsen war nicht zu spaßen.

»Ich werde pünktlich sein und alles andere werden wir schon schaffen.«

»Du scheinst dir sehr sicher zu sein, hm? So ein junger Springinsfeld wie du einer bist? Hast wohl schon einiges auf dem Kerbholz?«

»Ich kenn mich aus und auf mich ist Verlass. Das kannst du dem Korsen sagen. Er wird zufrieden sein. Und sag ihm auch, wenn ich mit seiner Bezahlung zufrieden bin, dann hat er in mir einen treuen Helfer gefunden.«

»Keine Sorge, der Korse wird sich großzügig zeigen. Aber geteilt muss schon werden, das siehst du doch ein. Schließlich wird der Korse dich unter seine Fittiche nehmen. Und das lass dir gesagt sein, das wird dir für alle Zukunft Kopf und Kragen retten. Denn nur, wenn du dir seines Schutzes sicher bist, bist du auf ewig ein freier Mann in diesem Land. Seine Beziehungen sind deine Lebensversicherung.«

Pierre nickte wohlwissend. Er erhob sich und verschwand, ohne dem Mittelsmann die Hand zu reichen.

»Salute!«, rief er über die Schulter zurück.

Der Mittelsmann grunzte etwas Unverständliches und blickte Pierre nach, der aus dem Lokal verschwand. Draußen war es kühl. Ein Lufthauch und der Geruch toten Fisches zog von der Seine herüber. Pierre schlenderte die schmutzigen Gassen entlang, bis er Pasquales Wohnung erreicht hatte. Er klopfte gegen die Türe und wartete geduldig, bis er eingelassen wurde.

»Na?«, begrüßte ihn Pasquale mit einem freundschaftlichen Schlag auf die Schulter. »Alles geregelt?«

»Ich weiß nicht, warum der Korse so einen Zirkus aus dieser Sache macht. Mir scheint nichts Besonderes dabei zu sein. Ich habe das Gefühl, er traut mir nicht über den Weg.«

»Nein, nein..., mein Freund, er sichert sich nur ab. Glaube mir, mich hat er auch auf Herz und Nieren geprüft, bevor ich ihm eine Gefälligkeit erweisen durfte.«

»Glaubst du, dass es gut geht?«, fragte Pierre plötzlich etwas unsicher.

»Oh, oh, oh... höre ich da Angst? Hast die Hosen voll, was? Bist ein wenig außer Übung..., hm?«

»Unsinn!«, wehrte sich Pierre entschieden dagegen, als Feigling hingestellt zu werden. »Ich denke nur...«

»Aber was! Die Sache ist eine totsichere Angelegenheit. Wir sind zu dritt! Mann..., das wird ein Kinderspiel. Und Fernand ist eine gute Deckung. Er hält uns den Rücken frei. Was soll schon passieren?«

»Ist wirklich schon eine Weile her, dass ich so eine große Sache...«

»So eine große Sache hast du überhaupt noch nicht gedreht! Glaube mir, hier geht es um ordentlich viel Geld!«

»Ich wollte ja nur sagen, dass ich eigentlich eher auf Trickserei spezialisiert...«

»Du wirst es überleben! Das ist die ganz normale Aufregung. Und nun komm, wir sollten uns ein paar Stunden Schlaf gönnen. Morgen wird's spannend werden.«

Pierre nickte gehorsam und machte sich auf seinem Lager breit. Es kümmerte ihn nicht, dass er in seiner Straßenkleidung schlief. Bald, so sagte er sich, hätte er genug, um sich eine anständige Wohnung, gute Kleidung und ein sorgenfreies Leben zu leisten. Und wenn er seine Sache gut machte, dann hätte er einen verlässlichen Arbeitgeber.

Als am nächsten Tag die Nacht hereinbrach, versammelten sich Pierre, Pasquale und der pockennarbige Fernand in einer abgelegenen Wohnung, weit hinter der Rue Canale, in einem vom Einsturz bedrohten Haus. Ein letztes Mal gingen sie den Plan durch. Der Mittelsmann übernahm das Wort.

»Um kurz nach Mitternacht fährt der Zug in die Station ein. Dann kommt der Geldtransport, der die Säcke übernimmt. Es werden drei Wachen in der Nachtschicht arbeiten. Einer hilft immer beim Be- und Entladen der Säcke. Der andere kontrolliert die Papiere und ist mehr oder weniger mit dem Fahrer des Transporters zugange. Der Dritte steht einfach nur herum. Ich werde ihn also wie geplant ablenken und ihr prescht nach vorne. Hier sind eure Waffen, die Masken und Handschuhe. Pasquale, du kümmerst dich darum, die Wachen in Schach zu halten und du Pierre, hilfst mir dann mit den Säcken. Jeder muss zwei tragen. Du Pasquale nur einen, wegen der Waffe. Du lässt deine Augen keine Sekunde von den Männern. Hörst du? Ich werde dir deinen Sack in die Hand drücken und auf mein Kommando ziehen wir uns langsam und unauffällig zurück. Ist das klar?«

Die beiden Männer nickten.

»Sollte irgendetwas schiefgehen, dann rettet jeder seine eigene Haut. Und lasst euch für diesen Fall nicht einfallen, bei mir oder auch nur in der Nähe des Korsens aufzukreuzen. Sollte es fehlschlagen, kennen wir uns nicht!«

Wieder gaben die Männer nickend zu verstehen, dass sie die Anweisungen begriffen hatten. Fernand zog eine Flasche Wein aus der Tasche seines Mantels und öffnete sie, indem er das überstehende Ende des Korkens mit den Zähnen abriss und den Rest mit einem gekonnten Stoß des Zeigefingers ins Innere der Flasche beförderte.

»Auf gutes Gelingen!«

Er reichte die Flasche erst Pasquale, nahm dann selbst einen Schluck und gab sie weiter an Pierre. Dieser widerstand nur schwer dem Bedürfnis, den Flaschenhals erst mit dem Ärmel seines Hemdes zu säubern, bevor auch er die Flasche an den Mund führte. Die Männer verweilten noch einige Zeit in der heruntergekommenen Wohnung. Erst als die Glocken ein Uhr schlugen, forderte Fernand sie auf, sich zurecht zu machen. Gemeinsam verließen sie den ungastlichen Ort und folgten der Richtung, die sie zum Bahnhof bringen würde. Immer im Schatten der Dunkelheit, huschten sie an den Häuserwänden entlang. Keiner sprach ein Wort. Als sie das Bahnhofsgebäude erreichten, teilten sie sich und observierten, wie besprochen, das Gelände ringsherum. Nach einigen Minuten trafen sie wieder zusammen und tauschten flüsternd aus, dass niemand etwas Ungewöhnliches gesehen hatte. Alles war so, wie der Mittelsmann es vorausgesehen hatte. Der Mann des Korsen hatte die Abläufe wochenlang studiert und kannte jede Bewegung, die um diese Zeit im und um den Bahnhof stattfand. Keine Menschenseele war zu sehen. Alles lag ruhig und friedlich. Die Stadt schlief. Nichts konnte schiefgehen. Auf Pasquales Wort und das des Mittelsmannes war Verlass, beschloss Pierre, um seine Nerven zu beruhigen.

# Zur selben Zeit in New York, ...

... Schien eine orangefarbene Sonne durch die hohen Fensterscheiben und tauchte das Lesezimmer der Madame Dupré in ein warmes Licht. Der Nachlassverwalter saß Molly gegenüber und verlas mit ernstem Gesicht, was da auf den handgeschriebenen Seiten stand. Molly konnte kaum folgen. Zu bewegt waren die letzten Stunden gewesen. Man hatte Madame auf einem Friedhof inmitten Manhattans beigesetzt. Als man die Urne der Erde übergab, waren neben Molly und Phillip Fork, der wohl mehr wegen der geschäftlichen Obligation anwesend war, nur der Leichenbestatter und ein Geistlicher zugegen gewesen. Der Pater sprach einige rührende Worte, die aber nicht von Herzen kamen. Madame hatte immer gesagt, dass es nicht das Alter sei, das ihr zu schaffen mache, nein, vielmehr die Einsamkeit.

Wo waren sie nur, die vielen Freunde von früher? Waren sie alle schon tot? Oder hatte man die einst schillernde Person Madame Dupré aus dem Kreise der Erlauchten gestrichen, als ihre Beine begannen den Dienst zu versagen? War es den feinen Damen des Bridgeclubs unangenehm, eine hilfsbedürftige Dame neben sich zu haben? Warum hatten sich alle abgewandt? War es der Tod ihres Mannes gewesen, der Madame in eine ungewollte Einsamkeit katapultiert hatte? Molly wurde die Fragen nicht los. Schon einige Jahre war es her gewesen, dass Madame am gesellschaftlichen Leben teilgenommen hatte. Selbst die Oper war ihr zuwider geworden. Oder war es nur die Scham über die Unzulänglichkeit ihrer Beine gewesen, die sie schließlich von jeglichem Amusement fernbleiben ließ?

Forks Stimme glich einem monotonen Singsang. Er verlas die Aufteilung der Besitzrechte. Molly schielte verstohlen zur Seite. Yvette de Castanac saß aufrecht, die Hände im Schoß gefaltet, den Schleier über die Hutkrempe gestülpt. Ihre scharf geschnittenen Konturen verrieten nicht die geringste Gefühlsregung. Warum war sie nicht zur Beerdigung erschienen? Konnte man ihr Glauben schenken, dass sie nicht früher aus Frankreich aufzubrechen in der Lage gewesen war? Hatte Madame..., ach was, unterbrach Molly ihren Gedankenfluss energisch. Es geht mich nichts an, rief sie sich ins Gedächtnis und versuchte sich wieder auf das Gesprochene zu konzentrieren.

Yvette de Castanac war am frühen Nachmittag, Stunden nachdem man Madame zur letzten Ruhe gebettet hatte, auf der »Baronesse« in den Hafen eingelaufen. Gnädigerweise hatte sie auf Abholung verzichtet und sich ohne Hilfe im Hause der Madame Dupré eingefunden. Jetzt war es ihr Haus. Und Molly war von nun an ihre Haushaltshilfe. Nein, sie würde keine Hilfe sein, vielmehr eine gewöhnliche Bedienstete. Schon beim ersten Zusammentreffen war klar, welche Person sich hinter dem lieblichen Namen Yvette verbarg. Diese Frau, mit dem kunstvoll hochgesteckten Haar, das im Sonnenlicht wie reifer Weizen schimmerte, diese Frau, mit dem porzellanfarbenen Teint und den schlanken langen Fingern, ja diese Frau, die sich theatralisch Tränen ob des Todes ihrer fernen Verwandten abrang, war nichts anderes als ein blutleeres Geschöpf, das sich hinter der Fassade einer perfekten Schönheit versteckte. Molly war unbehaglich zumute und sie hoffte, dass dieser Tag bald sein Ende finden möge.

»Nun zu ihnen Molly«, drang die Stimme des Nachlassverwalters an ihr Ohr.

Mit einem Ruck richtete Molly ihren Oberkörper gerade und blickte gebannt auf die Lippen des Mannes vor ihr.

»Madame Dupré war voll des Lobes über ihre Dienste und nicht zuletzt über ihre außerordentliche Fürsorge. Daher bat sie mich ihnen...«, mit diesen Worten drehte er sich um und nahm ein Mahagonikästchen in die Hände, welches hinter ihm auf dem Teetischchen gestanden hatte. Er hielt es mit ausgestreckten Armen vor seinem Körper und vollendete den Satz.

»...diese Spieluhr zu übergeben. Sie meinte, sie würden ihren Wert erkennen und schätzen.«

Molly stand auf und nahm die Spieluhr entgegen. Madame hatte sie stets neben ihrem Bett stehen gehabt. Wenn man den Deckel öffnete, erklang die Melodie »Sur le ponte d'Avignon« und filigran geschnitzte Holzfiguren überquerten im Takt dazu die besungene Brücke. Molly kämpfte gegen die aufsteigenden Tränen an. Fest biss sie sich mit den Zähnen auf die Lippe. Sie kannte den Wert der Spieluhr bestens. Madames Kindheitserinnerungen waren darin eingeschlossen. Und das war Molly heiliger als alles andere. Yvette de Castanacs Gesicht spiegelte jedenfalls eine gewisse Erleichterung wider, als sie begriff, dass die Spieluhr wohl das einzige sei, das zu Mollys Erbe zählte.

Als Phillip Fork mit der Verlesung des letzten Willens endete, reichte er den Damen galant die Hand, ließ sich von Molly Frack und Zylinder bringen und verließ das Haus. Kaum hatte er die Türe hinter sich geschlossen, fanden sich die Frauen in einer kühlen, beinahe bedrohlichen Atmosphäre wieder. Keine sprach für eine Weile. Molly hielt ihre Spieluhr in beiden Händen und wartete darauf, dass die andere das Wort an sie richtete.

»Meine Sachen können jetzt ausgepackt werden«, wandte sich die neue Madame, mit einem unüberhörbaren französischen Akzent, an Molly.

Es war keine Bitte in ihren Worten enthalten und so erwiderte Molly mit einem kurzen Nicken, dass sie verstanden hatte und verließ das Foyer raschen Schrittes. Sie brachte ihre Spieluhr geschwind hinauf in das Dachgeschoss, in dem sich ihr bescheiden möbliertes Zimmer befand, um sogleich wieder nach unten zu eilen und die Wünsche der neuen Hausherrin zu befriedigen.

»Wo wünschen Madame zu schlafen?«, fragte Molly zaghaft.

»Am besten im Schlafzimmer, nicht wahr?«, kam eine schnippische Antwort. »Oder hast du einen besseren Vorschlag?«

»Gewiss Madame, im Schlafzimmer. Aber es befinden sich drei Schlafzimmer in diesem Hause und ich wollte sichergehen, das richtige Bett aufzudecken.«

»Führ mich durch die Räume, dann werde ich mich entscheiden.«

Molly ging voraus und zeigte Madame Yvette jeden einzelnen Raum des Hauses. Bei der Küche angefangen, vor ihrer Zimmertüre endend. Als Molly sich fragend an Madame wandte, meinte diese kühl und bar jeden Gefühls von Pietät:

»Ich werde das Schlafgemach beziehen, das gegen Osten liegt.«

Molly wagte nicht zu widersprechen, doch in ihrem Herzen tobte ein Sturm gewaltigen Ausmaßes. Diese Person besaß die Dreistigkeit sich das Bett einer kürzlich Verstorbenen zueigen zu machen. Stillschweigend tat Molly, was man von ihr verlangte. Stillschweigend packte sie die zahlreichen Koffer der Madame aus und hängte die exklusiven Gewänder in das Schrankzimmer, in dem bis vor kurzem noch Madame Duprés Gewänder hingen. Stillschweigend stapelte sie die Hutschachteln aufeinander. Und stillschweigend kämpfte sie gegen die Wut und Trauer, die ihr Herz zu zerreißen drohte.

# Währenddessen in Paris, ...

... Wurde es ernst vor dem Bahnhofsgebäude. Der pockennarbige Mittelsmann gab letzte Anweisungen an Pierre und Pasquale. Die drei Männer hielten sich hinter einem Mauervorsprung versteckt, von dem aus sie die Gleise, die in den Bahnhof führten, überblicken konnten.

»In genau fünf Minuten wird der Zug einfahren. Wir sollten jetzt unsere Positionen einnehmen«, befahl Fernand. »Noch Fragen?«

Die beiden Männer schüttelten den Kopf. Sie tauschten untereinander einen letzten Blick aus und verschwanden auf ein Kopfnicken Fernands in verschiedene Richtungen. Pierre postierte sich hinter einer Steinsäule, die unweit von den Gleisen stand. Seine Hände waren feucht vor Aufregung. Sein Puls raste wild und alle Versuche, mittels tiefen Durchatmen die latente Übelkeit zu unterdrücken, schlugen fehl. Was, wenn man ihn erwischen würde? Wie sollte er sich aus so einer prekären Situation retten können? Was würde ihm drohen im Fall der Fälle? Das hier hatte nichts mehr mit den kleinen Kavaliersdelikten zu tun, die er im Laufe seines Lebens begangen hatte. Das hier war eine große Sache. Vielleicht eine Nummer zu groß für ihn. Seine Gedanken überschlugen sich.

Er blickte auf die messingfarbene Bahnhofsuhr, die hoch über ihm hing. Nur noch eine Minute. Eine Minute, die über Erfolg oder Misserfolg entscheiden würde. Hätte er den Mut gehabt, wäre er auf der Stelle davongelaufen. Aber schließlich konnte er Pasquale nicht im Stich lassen. Und den Korsen. Nein, den Korsen durfte man nicht enttäuschen. Das war ungeschriebenes Gesetz. Du hängst schon zu tief da drin, rief er sich in Erinnerung. Nervös kaute er an seinen Fingernägeln.

Plötzlich fing der Boden unter ihm zu vibrieren an. Obwohl die Einfahrt des Zuges voraussehbar gewesen war, traf es Pierre wie ein Blitz aus heiterem Himmel. Er blickte nervös zu den Posten der beiden anderen Männer. Er wusste, wo sie zu stehen hatten, konnte aber keinen der beiden sehen. Zu perfekt war die Tarnung. Zu perfekt, um nach Hilfe zu suchen. Von nun an war er ganz auf sich alleine gestellt.

Mit einem hohen Pfeiffen kündigte der Zug seine Einfahrt in die Station an. Er verringerte sein Tempo mit lautem Gequietsche. Dicke Rauchschwaden sammelten sich im Inneren der Station und versuchten vergeblich dem Glasdach auszuweichen. Sie quollen wie Kumuluswolken unter der Dachkonstruktion hervor und verdampften schließlich in der Schwärze der Nacht. Mit einem Ruck kam der Zug zum Stehen. Hinter der Lok hingen nur drei Wagen. Kaum war der Stillstand erreicht, hüpfte der Führer des Zuges aus seiner Kabine hinunter auf den Bahnsteig. Von weiter hinten eilten ihm zwei Männer entgegen. Sie unterhielten sich kurz und gingen dann gemeinsam auf den mittleren Waggon zu. Der Führer klopfte gegen die Holzschiebetüre des Wagens. Unmittelbar danach wurde dieser von innen geöffnet. Heraus sprangen zwei Männer in Uniform, die bis an die Zähne bewaffnet waren.

Pierre hielt die Luft an. Warum waren zwei Wachmänner im Zug gewesen? Hatte Fernand nicht behauptet es seien nur immer insgesammt drei Männer um diese Zeit im Einsatz? Hektisch suchend wanderten seine Augen zu den Posten der Komplizen. Doch wieder konnte er keinen erblicken. Mit pocherndem Herzen sah er zu, wie die Männer gemeinsam die Postsäcke aus dem Waggon hoben und auf einen Handkarren luden. Außerhalb des Bahnhofs würde der Transporter für die Banken warten und auch der für die Post, die in den frühen Morgenstunden verteilt werden würde. Irgendwo in der Ferne vernahm Pierre das Wiehern eines Pferdes. Ansonsten war nur das periodische Zischen der Lok zu hören, die unter ihren Rädern üppige Dampfwolken hervorstieß.

Vor Pierres geistigem Auge tauchte plötzlich das Bild von Célestine auf, so wie Gott sie erschaffen hatte. Geh weg, befahl er dem Traumbild. Aber Célestine ließ sich nicht einfach so vertreiben und wenn er ehrlich war, hatte ihr Erscheinen etwas sonderbar Beruhigendes an sich. Was würde er in diesem Augenblick nur darum geben, das Bett mit ihr teilen zu dürfen. Selbst ihr Gezänke wäre grade eben Musik in seinen Ohren. All ihre Unzulänglichkeiten wären willkommen, könnte er doch nur diesem Ort, dieser beklemmenden Lage, entfliehen.

Der letzte Postsack wurde auf den Karren geladen und die vier Männer unterhielten sich angeregt. Einer lachte und die anderen nickten ihm bejahend zu. Dann setzten sich die Männer in Bewegung. Das war das Zeichen. Sobald sie am Ende des Bahnsteiges angelangt waren, war die Zeit gekommen zuzuschlagen. Nur noch wenige Schritte. Pierre sah zur Seite und plötzlich sah er das hässliche Gesicht des Mittelsmannes, der ihm mit einem Kopfnicken das vereinbarte Zeichen gab.

Pierre stürmte los. Von links sah er Pasquale, mit einer Pistole im Anschlag, auf die Gruppe Männer zulaufen. Diese sahen und hörten offenbar nichts von der drohenden Gefahr. Zu laut war das Zischen der Lok, zu dicht der Nebel aus Rauch und Dampf, der zäh unter der Bahnhofsdecke hing. Der Mittelsmann erreichte die Gruppe zuerst. Pierre sah die erschrockenen Gesichter, als der Mittelsmann dem Lokführer ein Messer an die Kehle hielt. Und schon hielt Pasquale die restlichen drei Männer in Schach. Ohne ein Wort zu wechseln, lief Pierre auf den Handkarren zu, schnappte sich einen Sack, der keinen Aufdruck hatte und somit die Lieferung für die Bank enthalten musste. Er hievte ihn herunter und stellte ihn auf dem Boden ab. Die Mahnungen Fernands, keiner möge sich bewegen, wenn er mit dem Leben davonkommen wolle, drangen an sein Ohr. Blind vor Angst und Aufregung leisteten die drei Wachmänner und der Lokführer nicht den geringsten Widerstand. Schnell lud Pierre den nächsten und den dritten Sack ab. Dann nahm er einen weiteren und blickte Fernand an. Dieser stieß den Lokführer zur Seite, schnappte sich einen Sack mit der Rechten, während er das Messer drohend mit der ausgestreckten Linken auf den verdutzten Mann hielt. Pierre konnte nicht sagen, was dann geschah. Zu schnell überschlugen sich die Ereignisse. Alles was ihm bewusst in den Sinn drang, war ein lauter Knall. Er blickte auf und sah, wie Pasquale in die Knie ging. Die Augen des Freundes waren aufgerissen und starrten ungläubig in die Nacht hinaus. Sprenkel von Blut bedeckten den grauen Steinboden. Bevor Pierre begriff, was geschehen war, hallte die dröhnende Stimme des Mittelsmannes durch den Bahnhof.

»Ergreift ihn!«

Instinktiv stürzte Pierre nach vorne und rannte, in einer Hand einen der Säcke fest umklammert, auf die Gleise zu. Ein Schuss peitschte durch die Nacht und von allen Seiten kamen Männer in Uniform auf ihn zugerannt. Ohne zu überlegen sprang er hinunter auf das Nachbargleis und rannte auf den hölzernen Schwellen entlang. Aufgeregte Stimmen folgten ihm und mahnten zum Stehenbleiben. Doch wie ein Hase, der von einem Fuchs gejagt wird, stob Pierre in die Dunkelheit hinaus. Wieder und wieder verhallten Schüsse hinter ihm, denen er wie durch ein Wunder entkam. Er rannte ohne zu wissen, wohin ihn seine Füße tragen würden. Das Bahnhofsgebäude lag schon hinter ihm, doch die Schritte und Schüsse folgten hartnäckig. Er schlug mehrere Haken und wechselte die Gleise. Doch das Keuchen der Verfolger war deutlich hörbar. Plötzlich sah er dichtes Buschwerk vor sich. Ohne lange zu überlegen, sprang er in das Unterholz. Seine Füße fanden jedoch keinen Untergrund. Er schlitterte einen Abhang hinunter. Spitze Äste und Steine bohrten sich in seine Waden und Rücken. Es kam ihm vor wie eine halbe Ewigkeit, ehe sein Sturz abgebremst wurde. Mit einem dumpfen Schlag kam er zum Liegen. Er wagte nicht sich zu bewegen. Hatte er sich womöglich etwas gebrochen? Es schien ihm, als gäbe es keinen Knochen in seinem Körper, der nicht schmerzte. Vorsichtig hob er den Kopf und blickte nach oben. In der Dunkelheit war niemand zu sehen, aber er hörte die Stimmen seiner Verfolger. Aufgeregt redeten sie durcheinander und verstummten erst, als der bekannte Bass des Mittelmannes sie anbrüllte.

»Ihr Idioten! Ihr habt ihn entkommen lassen!«

Äste knackten. Blätter raschelten. Und dann wieder Fernands Stimme.

»Es ist nicht zu glauben! Bin ich denn von einer Horde Stümpern umgeben?«

Zuerst wagte keiner zu antworten. Nach einer Weile stellte ein offenbar junger Mann lakonisch fest:

»Wenn er hier runtergefallen ist, dann hat er sich alle Gräten gebrochen und wird schwerlich entkommen können.«

»Wir brauchen Fackeln! Ich will nicht bis zum Morgen warten! Wir müssen den Kerl sofort finden!«, kam der Befehl von Fernand.

Oder hieß er am Ende vielleicht gar nicht Fernand, schoss es Pierre durch den Kopf. Wer zum Teufel war dieser pockennarbige Bastard? Jedenfalls kein Mittelsmann des Korsen, soviel stand nun fest. Pierre richtete sich vorsichtig auf. Langsam streckte er seine Gliedmaßen. Außer einigen Prellungen und mehreren Abschürfungen, schien er jedoch nicht ernsthaft verletzt zu sein. Seine rechte Hand hielt den Sack nach wie vor fest umklammert, als wäre er ein Rettungsanker. Die Stimmen über ihn entfernten sich und Pierre wagte sich einige Schritte vorwärts. Es ging immer noch steil bergab. Seine freie Hand tastete nach Halt und Schritt für Schritt ließ er sich hinuntergleiten, bis seine Füße in einem kleinen Bach landeten. Ein unangenehmer Geruch stieg aus dem langsam fließenden Wasser auf. Es musste einer der vielen Kanäle sein, die sich wie Tentakel aus der großen Stadt schlängelten, entschied Pierre. Wenn ich entgegen der Fließrichtung gehe, komme ich zurück in die Stadt, sagte er sich in Gedanken. Niemand würde vermuten, dass er noch am Leben war und wenn, dann wäre es unwahrscheinlich, dass er nicht aufs freie Land hinaus abgehauen wäre, redete er sich ein, um seine Nerven zu beruhigen. So schritt er zügig voran, in der Hoffnung, noch vor Sonnenaufgang einen Unterschlupf gefunden zu haben.

# Am nächsten Morgen in New York, ...

... Prasselten dicke Regentropfen gegen die Fensterscheiben. Molly hatte eine schwere Nacht hinter sich gebracht. Immer wieder drehten sich ihre Gedanken um die geliebte Person, die sie so gerne ihre eigene Großmutter genannt hätte. Wie sollte sie ohne den Wohlwillen, ohne die Güte, die Strenge und die Großmut dieser Frau weiterhin in diesen Mauern hausen können? Ihre Gedanken wurden nur für wenige Stunden von einem unruhigen Schlaf unterbrochen. Kaum hatte die Morgendämmerung eingesetzt, war sie wieder wach gelegen. Irgendwann gegen acht Uhr morgens hatte Madame Yvette de Castanac nach ihr geläutet und eine Tasse Tee mit Gebäck verlangt.

Madame hatte wie selbstverständlich in dem großen Bett gesessen. Die dicken Federkissen in den Rücken gestopft. Genauso, wie Madame Dupré es zu tun gepflegt hatte. Nachdem Molly die Frühstückswünsche der neuen Madame befriedigt hatte, wurde sie abermals gerufen, um der jungen Dame das Haar zu bürsten. Widerwillig nahm sie die silberne Haarbürste, die aus besten Wildschweinborsten gefertigt war und kämmte Madame de Castanacs volles, glänzendes Haar. Madame saß derweil aufrecht vor ihrem Frisiertisch und musterte Molly unverhohlen durch den Spiegel, der vor ihr am Toilettentisch angebracht war. Molly registrierte die prüfenden Blicke mit Unbehagen. Es war deutlich spürbar, dass Madame sie nicht mochte. Warum, konnte Molly nicht erklären. Aber das, so sagte sie sich, beruhte auf einer gewissen Gegenseitigkeit.

»Au! Du Trampeltier! Pass doch besser auf, du reißt mir ja die Haare vom Kopf!«, beschwerte sich die schöne Yvette lauthals.

Erschrocken war Molly zusammengefahren. Die Bürste glitt ihr aus der Hand und fiel zu Boden.

»Jesus! Meine teure Bürste! Kannst du nicht aufpassen?«

»Entschuldigen sie meine Ungeschicktheit, Madame«, entschuldigte sich Molly und bückte sich nach der Bürste.

Madame hatte sich umgedreht und blickte hochnäsig von oben zu ihr herab. Die abschätzenden Blicke bohrten sich wie Speerspitzen in Mollys Nacken. Als sie sich wieder aufgerichtet hatte, adressierte Madame sie direkt.

»Seit wann bist du in diesem Hause?«

»Seit meinem neunten Lebensjahr.«

Madame zog eine Augenbraue steil nach oben. Ihr Mundwinkel zuckte verächtlich als sie spöttisch entgegnete:

»Ich habe dich nicht gefragt, wie alt du warst, als du in die Dienste der vormaligen Hausherrin getreten bist. Ich habe wissen wollen, wie viele Jahre du in diesem Hause arbeitest.«

Noch bevor Molly antworten konnte, setzte Madame ihre Stichelei fort.

»Aber das wäre wohl zu viel verlangt eine genaue Antwort von einem einfachen Mädchen wie dir zu bekommen. Rechnen, Lesen und Schreiben sind nach wie vor der oberen Schicht vorbehalten. Das scheint in Amerika nicht anders zu sein als in Frankreich.«

Den inneren Impuls unterdrückend, laut herausschreien zu wollen, dass sie sehr wohl der Schrift mächtig war, schwieg Molly und ließ die Boshaftigkeiten stillschweigend über sich ergehen. Sie wusste nicht was sie zu dieser Unterwürfigkeit trieb, dennoch schien es ihr im Augenblick das passende Verhalten.

Nachdem sie Madames Haar gebürstet und gesteckt hatte, bestand ihre nächste Aufgabe darin, der Dame des Hauses beim Ankleiden zu helfen. Als Yvette nur im Unterkleid vor Molly stand, überkam sie ein gewisser Neid. Noch nie in ihrem Leben hatte sie einen perfekteren Körper, eine hellere Haut, ja eine beinahe übersinnlich schöne Frau gesehen. Ein unabwendbarer Drang bewog sie dazu, kurz mit der Hand Madames samtene Haut zu berühren. Als hätte sie die pralle, samtene Oberfläche eines Pfirsichs liebkost, fühlte sich diese flüchtige Berührung auf ihren Fingerspitzen an. Yvette de Castanac war von solcher Schönheit, dass selbst der kühnste Maler nicht fähig sein könne, diesen makellosen Körper auf Leinwand zu bannen. Dessen war sich Molly absolut sicher.

Sie schnürte das Mieder und half Madame in die schwarze Korsage, die sie über einen weit ausgestellten Seidenrock trug. Dann steckte sie einen extravaganten Hut mit einer Nadel fest, an deren Ende eine traubengroße, perlmutterschimmernde Perle steckte. Sicherlich das neueste Modell aus Paris, entschied Molly, die noch nie zuvor einen Hut dieses Ausmaßes in den Straßen New Yorks gesehen hatte. Zuletzt band sie Madame einen dunkelgrünen Umhang um und reichte ihr einen spitzenverzierten Regenschirm.

Als sie fertig gekleidet war, warf Madame noch einen prüfenden Blick in den mannshohen Spiegel, der am anderen Ende des Ankleidezimmers an der Wand hing.

Selbstgefällig nickte sie und wandte sich mit erhobenem Haupt an Molly.

»Sieh zu, dass du mir eine Kutsche besorgst. Ich habe in einer halben Stunde einen Termin mit Monsieur Fork und will keinesfalls unpünktlich sein.«

»Sehr wohl, Madame.«

Molly knickste gehorsam, verließ die Räume der Madame und trat auf die Straße hinaus. Sie musste einige Meter laufen, bevor sie eine Kutsche zum Halten bewegen konnte. Schnell erklärte sie dem Kutscher, wohin die Fahrt gehen solle. Der Kutscher nickte und fuhr zum Haus der Madame Yvette de Castanac.

Es waren nur wenige Menschen um diese Zeit unterwegs, doch die wenigen drehten ihre Köpfe, verrenkten sich beinahe die Hälse, als Yvette de Castanac aus dem Haus, die Steinstufen nach unten schritt und sich von dem Kutscher in das Gefährt helfen ließ. Molly knickste zum Abschied abermals und verschwand, sobald sich die Kutsche in Fahrt gesetzt hatte, wieder ins Innere des Hauses.

Mit zitternden Knien und einer verzehrenden Wut in der Magengrube, begann sie ihren Dienst zu tun. All ihre Kraft, ihr Entsetzten und ihre Rage, ließ sie an den dicken Federkissen der neuen Madame aus.

# In den frühen Morgenstunden in Paris, ...

... noch bevor die Sonne aufgegangen war, fand sich Pierre zitternd, den Jutebeutel fest umklammert, als hinge sein Leben davon ab, vor der Türe zu Barracés Kneipe wieder. Erschöpft, verängstigt, mit schmerzenden Knochen, hämmerte er mit der Faust gegen die verschlossene Türe. Er hörte den Widerhall seines Klopfens aus dem Inneren dringen. Er wartete einen Moment, dann hieb er mit der freien geballten Faust erneut gegen das verwetterte Holz. Pierre wagte nicht Barracés Namen zu rufen, schließlich wollte er nicht die gesamte Nachbarschaft auf sich aufmerksam machen. Abgesehen davon, wusste er nicht einmal seinen Vornamen, obwohl er ihn seit Jahren kannte. Jeder nannte ihn nur Barracé und es hatte niemals die Dringlichkeit bestanden, seinen Vornamen in Erfahrung bringen zu müssen. Er setzte gerade an, erneut gegen die Türe zu schlagen, als sich über ihm ein Fenster nach außen öffnete. Barracés Gesicht erschien. In mürrischem Ton bellte er nach unten in die Gasse.

»Wer ist da? Was gibt's um diese Zeit?«

Pierre trat einige Schritte zurück und antwortete flüsternd:

»Ich bin's..., Pierre. Lass mich rein, Barracé.«

»Pierre? Was um Himmels Willen willst du? Pasquale ist nicht da gewesen. Die ganze Nacht nicht.«

»Lass mich rein..., bitte!«, flehte Pierre eindringlich.

Barracé zuckte die Schultern und verschwand vom Fenster. Kurze Zeit später wurde die Türe geöffnet und der dickleibige Wirt streckte seinen Kopf aus dem schmal geöffneten Spalt. Noch bevor er Pierre eine Frage stellen konnte, hatte dieser schon seinen Fuß in die Tür gesetzt und drängte den Dicken mit einer entschlossenen Bewegung zurück. Barracé stolperte rückwärts in seine Kneipe zurück und wäre beinahe gefallen, hätte er nicht im letzten Moment Halt an einer Stuhllehne gefunden.

»Was zum Teufel soll das bedeuten?«, fuhr er Pierre wütend an.

»Tut mir leid, alter Kumpel. Ich kann dir alles erklären.« Pierre ließ sich ungefragt auf einen Stuhl fallen.

»Wie siehst du überhaupt aus?«, wollte Barracé wissen, dem plötzlich Pierres zerrissene Kleidung ins Auge gefallen war.

»Es ist entsetzlich..., einfach entsetzlich...«, stammelte Pierre unsinnig vor sich hin. »Ich kann nicht glauben, was passiert ist...«

Neugierig geworden, schnappte auch Barracé sich einen Stuhl und setzte sich Pierre gegenüber. Er berührte Pierres Unterarm und rüttelte ihn ein wenig. Pierre nahm die Hände, die er vors Gesicht geschlagen hatte herunter und schaute Barracé direkt ins verquollene Antlitz. Nur das schwache Licht einer Straßenlaterne drang von außen in die Gaststube, dennoch konnte Barracé erkennen, dass sich Tränen in Pierres Augen widerspiegelten.

»Pasquale...«, brachte Pierre mit Mühe hervor.

»Ja...? Was ist mit Pasquale?«

»Die haben ihn getötet..., hinterrücks erschossen! Ich hab's genau gesehen! Ich konnte ihm nicht helfen, verstehst du? Ich musste um mein eigenes Leben rennen.

Die waren hinter mir her und ich wusste nicht wohin. Die suchen mich. Du musst mir helfen, Barracé!«

Der Wirt hielt den Atem an. Erschrocken musterte er das Nervenbündel vor sich. Schließlich fand er seine Sprache wieder.

»Beruhige dich erst einmal. Ich verstehe kein Wort von dem, was du da gesagt hast«, erwiderte er und blickte Pierre besorgt an, der sein Gesicht wieder hinter den Händen vergraben hatte und wie ein kleines Kind schluchzte.

Barracé stand auf. Eiligen Schrittes verschwand er hinter dem Tresen. Er füllte ein Glas mit einem klaren Gebräu und stellte es Pierre vor die Nase.

»Hier mein Sohn, trink das, dann geht es dir gleich besser.«

Pierre tat, wie ihm gesagt und leerte das Glas in einem Zug. Die klare Flüssigkeit brannte wie Feuer in seiner Kehle. Angewidert schüttelte er sich, doch einige Sekunden später fühlte er sich bereits etwas besser. Er versuchte sich zu sammeln. Erneut begann er zu erzählen. Dieses Mal der Reihe nach. Er gestand dem väterlichen Freund den Plan, den er und Pasquale verfolgt hatten. Er sprach von dem Korsen, dem Mittelsmann mit Namen Fernand und schließlich dem fehlgeschlagenen Überfall auf den Post- und Geldwaggon. Barracé ließ die Worte eine Weile sinken, ehe er den Kopf schüttelte und ergriffen sagte:

»Junge, Junge…, da habt ihr euch in etwas hineingeritten.«

»Was soll ich jetzt nur machen?«, jammerte Pierre wie ein kleines Kind. »Die werden mich suchen. Dieser Fernand hat uns reingelegt. Der war gar kein Kumpane des Korsens. Ich wette der Korse kennt diese Pocken-fratze nicht einmal.«

»Ja, vermutlich. Die haben ein ganz mieses, abgekartetes Spiel mit euch getrieben und ich wette, das geht auf das Konto von diesem neuen Chef der Gendarmerie, diesem Dídíer Synac. Der will sich wohl ein paar Lorbeeren verdienen. Eine neue Methode vielleicht.«

»Aber Pasquale..., die haben ihn kaltblütig erschossen!«

Wieder zuckten Pierres Schultern. Der Tod des Freundes traf ihn nun, da er in Sicherheit war, wie ein Faustschlag ins Gesicht. Der Schmerz und die Trauer überwogen die Angst mit einem Male. Immer wieder sah er Pasquales entsetztes Gesicht, die starr aufgerissenen Augen vor sich, als er tödlich getroffen zu Boden ging.

»Eine Schande ist's! Eine arge Schande! Der arme Teufel. Er war ein guter Junge. Ein herzensguter Junge, der einfach ein paar Francs verdienen wollte..., jawohl. Das kann man doch verstehen, dass man so ein Angebot nicht ausschlägt. Heutzutage muss doch ein jeder sehen, wo er bleibt. Umsonst ist in dieser Stadt nichts und wer nicht reich geboren wird, der muss jeden Tag aufs Neue um sein Überleben kämpfen. Ich kann das doch verstehen...«, lamentierte der Wirt entrüstet vor sich hin.

Immer wieder tätschelte er Pierres Arm. Dann erhob er sich, brachte das leere Glas zum Tresen und wandte sich anschließend an Pierre.

»Du musst für eine Weile untertauchen. Selbstverständlich kannst du ein paar Tage hierbleiben. Hier wird man dich nicht suchen. Aber..., und das sage ich dir nur einmal..., du darfst dich von niemanden erwischen lassen! Keine Menschenseele darf je erfahren, dass ich dir Unterschlupf gewährt habe!«

Kaum waren seine Worte verklungen, hörten die beiden Männer Schritte von der Holztreppe am anderen Ende herüber hallen. Eine weiche Frauenstimme bahnte sich ihren Weg durch die Dunkelheit.

»Eduard..., bist du hier?«

»Geh zurück ins Bett, Weib! Ich komme gleich!«

»Ist jemand bei dir? Ich meinte Stimmen gehört zu haben.«

»Nein, es ist niemand da. Und jetzt verschwinde!«, bellte Barracé sie herrisch an.

Als die Schritte wieder verstummt waren, bedeutete Barracé Pierre ihm zu folgen. Sie gingen durch die Gaststube hindurch in eine kleine, ungepflegte Küche, deren Boden vom Fett, das aus den Pfannen gespritzt, schmierig und rutschig war. Ein ranziger Geruch hing in der Luft. Direkt hinter der Küche befand sich eine Klappe im Boden. Barracé nahm eine Kerze aus einem der Regale, zündete sie an und öffnete schließlich in ihrem Schein die Klappe. Eine steile Holztreppe führte in die Dunkelheit hinunter. Barracé ging voran. Der gelbe Schein der Kerze offenbarte Pierre ein modriges Kellerloch, in dem sich Kartoffeln, Weinflaschen und andere Vorräte befanden. In einer Ecke stand eine Pritsche aus Holz.

»Viel ist es nicht und auch nicht sonderlich gemütlich, aber für einige Zeit wird es schon reichen.«

»Danke«, sagte Pierre knapp und blickte mit Grauen auf das ihn erwartende Nachtlager.

Mit einem Blick auf den Sack, den Pierre nach wie vor in der Rechten hielt, fragte der Wirt neugierig:

»Was ist eigentlich da drinnen?«

Erstaunt blickte Pierre auf seine Hand. Er hatte ganz vergessen, dass er die ganze Zeit über seine Beute nicht aus dem Griff gelassen hatte.

»Das ist alles, was ich von diesem unglückseligen Coup erbeutete habe. Du bekommst natürlich deinen Teil. Ohne deine Hilfe wüsste ich nicht wohin.«

Mit diesen Worten ließ Pierre den Sack auf die Pritsche sinken, drehte ihn um und entleerte seinen gesamten Inhalt auf das Lager. Doch was er sah, verschlug ihm die Sprache vollends. Statt der erhofften Francs, glitten schwerfällig hunderte von Briefen aus dem Inneren des Beutels. Auch Barracé starrte ungläubig auf den Haufen, der sich vor den Männern aufgetürmt hatte.

»Heilige Scheiße!«, entfuhr es Barracé nach einer geraumen Weile. »Du hast dein Leben für einen Sack voller Briefe riskiert!«

Stumm nickte Pierre. Wie ein begossener Pudel stand er angewurzelt und wusste nicht, ob er lachen oder weinen sollte. Mitleidig klopfte ihm Barracé auf die Schulter, stellte die Kerze vor Pierre auf den Boden und stieg schweigend die Treppen nach oben. Als die Falltüre geschlossen wurde, schlug Pierre wütend mit der geballten Faust in den Haufen Post und stob ihn ungehalten auseinander. Dann ließ er sich auf den feuchten Boden sinken und schüttelte frustriert den Kopf.

»Na, das Leben ist voller Überraschungen«, sagte er laut vor sich hin. »Wenigstens habe ich heute erfahren, dass Barracé Eduard mit Vornamen heißt. Und, dass er eine Frau hat, die er wohl vor dem Lumpenpack das sich Gäste nennt, fernhält. Wer hätte das gedacht, von dem alten, rauhen Seebär?«

# Am nächsten Abend in New York, ...

... hatte Molly die Feuerstelle gesäubert und war gerade dabei, kleine Holzscheite in den offenen Kamin einzurichten, als Madame de Castanac plötzlich zur Türe hereinkam.

»Es ist kalt im Haus«, sagte sie schnippisch.

»Tut mir leid, Madame. Ich hätte früher einheizen sollen, aber bei diesem Wetter kann man momentan...«

»Ich hasse Ausreden. Schieb deine Unzulänglichkeiten nicht auf Naturgewalten. Jeder Mensch sollte lernen die Konsequenzen aus seinem Handeln selbst zu tragen«, belehrte Madame und ging, während sie sprach hocherhobenen Hauptes an Molly vorrüber.

Vor dem Fenster blieb sie stehen. Mit einer Hand schob sie den schweren Vorhang zur Seite und verharrte träumerisch. Molly indes, legte die Scheite in die Feuerstelle und entfachte sie. Rasch griffen die züngelnden Flammen um sich. Ein wohliges Knistern breitete sich im Teezimmer aus.

»Es ist eine eigenwillige Stadt, dieses New York«, sprach Madame mehr zu sich selbst.

Molly schaute von ihrer Tätigkeit auf und blickte hinüber zu der zierlichen Gestalt, deren Blick weit aus dem Fenster in die Ferne zu schweifen schien.

»Ich kann mich noch nicht entscheiden, ob ich mich hier wohl fühlen kann oder ob ich Paris bereits vermisse.«

Madames Ton hatte eine bedauerliche Nuance. Beinahe hatte Molly Mitleid mit ihr und so antwortete sie ungefragt.

»Mit der Zeit werden sie sich an die Stadt gewöhnen, Madame. Sie werden sie mögen, da bin ich mir sicher.«

Yvette de Castanac lachte spitz auf. Sie wandte sich zu Molly um und hob die Augenbrauen fragend.

»Und wie..., Molly..., willst du das beurteilen können?«

Molly war nicht sicher, ob sie einen zynischen Unterton aus der Frage rausgehört hatte. Vorsichtig bemühte sich um eine neutrale Antwort.

»Oh, Madame..., da gibt es viele Dinge, die das Leben in dieser Stadt verschönern. Denken sie nur an die Oper, das Theater, die Museen. Madame Dupré liebte den Bridgeclub. Und sehen sie nur die herrlichen Parks.«

Ein Lächeln huschte über Madames Gesicht und erstaunt stellte Molly fest, dass diese Dame doch etwas Liebenswertes an sich haben konnte.

»So, so Molly. Du kennst dich also aus mit dem Amusement. Sicherlich besuchst du die Oper regelmäßig, nicht wahr?«

Da war er wieder, der hochnäsige Ton und jegliche Sympathie, die Molly noch vor wenigen Sekunden empfand, erstab augenblicklich.

»Nein, Madam. Nein, ich gehe nicht in die Oper..., ich weiß nur um deren Beliebtheit aus Erzählungen.«

»Selbstverständlich!«, rief Madame aus und verließ das Zimmer, ohne Molly eines weiteren Blickes zu würdigen.

Das Mädchen griff nach dem Blasebalg. Ärgerlich pumpte sie Luft in die Feuerglut. Funken stoben nach oben und zogen durch den Schacht hinaus. Wild, mit ärgerlichem Zischen, nagten die Flammen an den Scheiten.

Wütend ließ Molly den Balg zur Seite fallen. Das Feuer brauchte ihre Hilfe nicht mehr. Es brannte bereits lodernd. Jedes Anfachen hatte nur zur Folge, dass sie früher ein neues Scheit nachlegen musste. Sie wischte ihre Hände an der umgebundenen Schürze ab und stolzierte, insgeheim den aufrechten Gang der Hausherrin imitierend, aus dem Raum.

Am frühen Abend betätigte jemand den Türklopfer. Molly rannte aus der Küche, um zu öffnen. Doch kaum war sie im Foyer angelangt, kam auch Madame aus der Bibliothek. Madame bremste ihren Schritt. Abwartend hielt sie sich im Hintergrund. Molly ging zur Türe und öffnete. Phillip Fork stand davor. In den Händen hielt er eine kleine Schachtel. Er nickte Molly freundlich zu und fragte höflich, ob Madame zu sprechen sei. Molly bat ihn um einen Augenblick Geduld und schloss die Türe wieder. Schnell wandte sie sich fragend um. Madame bedeutete ihr mit einem Handzeichen, dass der unerwartete Besucher erwünscht sei. Molly öffnete die Türe erneut.

»Sie mögen eintreten, Madame erwartet sie«, sagte Molly, während sie knickste und den Herrn an sich vorbeischreiten ließ.

Im Vorbeigehen reichte er dem Mädchen seinen Hut und Stock.

»Danke, Molly.«

Molly knickste wieder und lächelte ihm ein wenig verlegen zu. Es tat gut, Mister Fork im Hause zu haben. Er war von einer unbeschwerten Fröhlichkeit und ihr gegenüber stets korrekt und höflich gewesen. Und wenn Molly ehrlich zu sich war, dann hätte sie sich für ihr Leben einen Gatten wie Phillip Fork gewünscht. Doch, und das wurde ihr jedesmal bewusst, wenn sie dem

Rechtsbeistand der seligen Madame gegenüberstand, könnte so eine Situation nie eintreffen. Zu groß war die Kluft, die sie von seinesgleichen trennte. Und obwohl er sie stets freundlich behandelte, wusste Molly nie genau, ob er sie jemals wirklich bemerkt hatte.

»Monsieur Fork!«, rief Madame de Castanac erfreut aus. »Welche Freude, sie zu sehen! Treten sie ein!«

Mit weit ausgestreckten Armen ging Madame auf den Herrn zu. Mit gekünstelten Floskeln umgarnte sie ihn, wie eine Spinne ihre Beute. Molly blickte den beiden Herrschaften hinterher, wie sie im Teezimmer verschwanden. Bevor Madame die Türe hinter sich schloss, wandte sie sich an Molly.

»Mein Gast wird mit mir zu Abend essen, Molly.«

Molly nickte. So gerne sie Phillip Fork im Hause sah, so ärgerlich war sie darüber, dass sie erneut an den Herd zurückkehren musste.

# Nach zwei Nächten im modrigen Keller, ...

... Kämpfte Pierre mit einer immer unerträglicher werdender Platzangst. Die einzige Lichtquelle die ihm zur Verfügung stand, waren die Kerzen, die Barracé ihm in regelmäßigen Abständen, nebst nahrhafter Kost, nach unten brachte. Außerdem hatte ihn sein Gönner mit Waschzeug und frischer Kleidung versorgt. Wo auch immer er die herhatte, sie passte und Pierre fragte nicht nach. Niemand sonst hatte bisher den Keller betreten. Barracé hatte ihm versichert, dass nicht einmal seine eigene Frau von Pierres Anwesenheit wisse. Pierre glaubte ihm. Scheinbar hatte seine Frau nichts mit seiner Wirtschaft zu schaffen und hielt sich fern von allem, was damit zusammenhing. Oder aber Barracé duldete kein Frauenzimmer, das sich in seine Geschäfte mischte.

Die Tage zogen sich ins Unendliche. Auch konnte sich Pierre nicht an den modrigen Geruch der Wände gewöhnen. Hätte Barracé ihm nicht immer wieder gut zugeredet, hätte er womöglich schon nach der ersten Nacht die Flucht ergriffen. Doch, wo um Himmels Willen, sollte er nur hin? Man würde ihn suchen. Man würde ihn finden. Paris war zwar groß, aber auf Dauer konnte man sich selbst in dieser Stadt nicht verstecken. Oder doch? Wie hatte der Korse es geschafft? Ach, rief sich Pierre ins Gedächtnis, ich bin eben nicht der Korse, ich bin nur ein kleines Licht..., ein sehr kleines Licht.

Als die Luke nach Stunden wieder knarzte, blickte Pierre erwartungsvoll nach oben. Der dicke Wirt stieg die steile Treppe nach unten. In der einen Hand trug er einen Teller mit Essen, in der anderen eine neue Kerze.

»Gut dich zu sehen, alter Freund!«, rief Pierre aus, nachdem er ihn im Kerzenlicht erkannt hatte.

»Na..., wird dir der Tag schon zu lange?«, fragte Barracé beinahe sarkastisch. »Dann kann ich dir eine gute Nachricht bringen.«

Gespannt horchte Pierre auf.

»Sag bloß, du kannst mich aus dieser Vorhölle wegbringen?«

»Ja und das schon sehr bald«, sprach der Wirt und stellte den Teller vor Pierre ab.

Dieser dankte ihm nickend, doch berührte er das Essen nicht sofort. Zu aufgeregt war er über die Nachricht, bald diesem feuchten Kellergewölbe entkommen zu können.

»Sprich schon! Spann mich nicht unnötig lange auf die Folter!«

»Es gibt da einen Kerl..., ein übler Bursche zugegeben, aber verlässlich. Ich habe ihm deine Misere geschildert. Und stell dir vor, er hat mir beiläufig erzählt, dass er morgen Abend nach Rouen reisen müsse und noch einen Platz frei hätte. Gegen eine geringe Bezahlung wäre er bereit, dich mitzunehmen.«

Pierre staunte ungläubig. Konnte das Schicksal ihm so wohl gesonnen sein?

»Was versteht dieser Bursche unter einer geringen Bezahlung?«

»Och, das soll nicht deine Sorge sein. Überlass das mir, ich werde schon mit ihm handelseins werden.«

»Aber das kann ich doch unmöglich...«

»Doch, du kannst. Ehrlich gesagt glaube ich auch gar nicht, dass du eine andere Möglichkeit hast.«

»Ich werde dir jeden Franc zurückzahlen, Barracé. Das verspreche ich dir.«

»Schon gut, mein Junge. Schon gut. Und jetzt muss ich gehen. Lass es dir schmecken.«

Mit einem Blick auf den reichlich gefüllten Teller dankte Pierre dem Wirt erneut. Sein Herzschlag hatte sich, ob der guten Nachricht, verschnellert. Er verspürte eine kindliche Vorfreude. Nur noch einen Tag ausharren, dann würde er dieses Verlies hinter sich lassen können. Mit Appetit stürzte er sich auf den fetten Braten und die knusprigen Bratkartoffeln. Dazu nahm er einen ordentlichen Schluck Cidre aus dem Krug, den Barracé schon zuvor mitgebracht hatte. Endlich gab es eine Aussicht, die schlimmen Ereignisse der vergangenen Tage hinter sich zu lassen. Endlich konnte er sich darauf besinnen, das Gesicht seines sterbenden Freundes aus seinen Gedanken zu verbannen. Rouen! Rouen, das war eine kleine, sehr beschauliche Stadt mit wunderbaren Fachwerkhäusern und liebenswerten Menschen. Dessen war er sicher, obwohl er noch nie da gewesen war. Ein wenig ländlich. Sehr idyllisch. Ein wenig verschlafen. Mit Mädchen, die naiv und rotbackig waren und im Sommer eine Bräune auf der Haut trugen, die die Pariser Damen als ordinär verspotteten. Ja, Rouen, das könnte das Paradies für ihn sein. Und wenn es ihm nicht gefiele? Angenommen er wäre gelangweilt, abgestoßen von der beinahe bäuerlichen Lebensart, angeekelt von der Provinz? Aber was! Wenn er erst bis Rouen kommen würde, wäre er ein freier Mann. Er könne hingehen, wo immer es ihn verlangte zu sein. Niemand würde ihn aufhalten. Niemand!

Mit diesem Gedanken im Kopf und einem gefüllten Bauch, legte sich Pierre auf der harten Pritsche nieder. Und obwohl er den ganzen Tag nichts getan hatte, außer seinen trüben Gedanken nachzuhängen, fiel er alsbald in einen tiefen, traumlosen Schlaf, der erst am nächsten Morgen durch Barracés Auftauchen unterbrochen wurde. Der Wirt gab ihm zu verstehen, dass man ihn gegen Mitternacht holen würde. Die Fahrtkosten seien bezahlt und niemand würde nach seiner Identität fragen. Barracé tauschte die abgebrannte Kerze aus, nahm den leer gegessenen Teller und verschwand wieder nach oben. Nachdem sich Pierre an einem Stück trocken Brot und einer Tasse Milch gütlich getan hatte, blickt er sich in seiner engen Bleibe um. Wie sollte er nur die vielen Stunden bis Mitternacht hinter sich bringen? Sein Blick fiel auf den Stapel Briefe, von dem er fälschlicherweise angenommen hatte, dass es seine reiche Beute sei. Mit den Füßen hatte er die Briefe in eine Ecke geschoben. Einige waren bereits aufgeweicht von dem abgestandenen Wasser, das unsichtbar aus den Wänden drang, dessen Geruch aber penetrant in der Luft hing. Mühsam, so als sei selbst das Nichtstun eine unerträgliche Bürde, erhob sich Pierre und ging auf den Haufen Briefe zu. Wahllos zog er einen aus dem Stapel und betrachtete die steile, von der Feuchtigkeit teilweise verwischte Handschrift auf dem Kuvert. Dieses Schreiben war an eine Madame Caspar in der Rue Arcon gerichtet. Auf der Rückseite befand sich ein rotes Siegel. Mit einem Handgriff brach Pierre das Siegel und entnahm einen fein säuberlich gefalteten Bogen Papier. Er setzte sich wieder auf die Pritsche und las, was da geschrieben stand. Die Schwester der Madame Caspar schrieb in wenigen Zeilen, dass sie sich wieder von ihrer Krankheit erholt hatte und bald nach Paris kommen würde. Sie nannte ein Datum und bat ihre allerliebste Madeleine um Antwort.

Pierre studierte das Schriftbild eingehend. Er drehte den Bogen um und stellte fest, dass die Absenderin, die sich Antonie nannte eine federleichte Hand haben musste. Nicht an einer einzigen Stelle war die Tinte durch das Papier gedrungen. Er faltete den Bogen wieder und steckte ihn zurück in den Umschlag. Dann erhob er sich abermals. Den gelesenen Brief legte er in den Sack zurück. Warum sollte er sich nicht auf diese Weise die Zeit vertreiben, fragte er sich und griff mit beiden Händen in den Stapel Briefe. Er setzte sich wieder auf seine Pritsche, stellte die Kerze dicht neben sich und begann einen Brief nach dem anderen zu lesen. Pierre musste feststellen, dass es spannend und anregend war zu erfahren, was sich die Menschen untereinander mitzuteilen hatten. Sehr zu Herzen ging ihm der Brief einer Mutter, die ihren Sohn eindringlich bat, sich doch endlich, nach mehr als drei Jahren, wieder zu Hause zu melden und nicht nur wie selbstverständlich, ganz ohne Dank, das geschickte Geld für sein Studium anzunehmen. Eine Gemeinheit von diesem Burschen! Er hätte gute Lust gehabt, dem Bengel die Meinung zu geigen. Ein armes, betagtes und vor allem sehr besorgtes Mütterchen so schmählich zu vernachlässigen. Was hätte er darum gegeben, eine solche Mutter je gehabt zu haben! Stattdessen fristete er die Jahre seiner Kindheit und Jugend neben einem Vater, der einst wohlhabend und angesehen, dann aber zusehends der Spiel- und Trinksucht verfallen war. Alles was er einst besaß, ging nach und nach den Bach runter. Schließlich musste Pierre sogar das Gymnasium verlassen und sich um seinen bettlägrigen Vater sorgen, dem die Schulden allmählich über den Kopf gewachsen waren. Was hätte nur alles aus ihm werden können, wäre seine Mutter nicht im Kindsbett verstorben und wäre der Vater nicht mit dieser unglückseligen Sucht infiziert worden. Zweifelsohne besaß Pierre eine gewisse Bildung und auch Manieren, die ihm der gestrenge alte Herr eingeprügelt hatte. Wäre nicht alles schiefgegangen, könnte Pierre heute Besitzer einer einst gutgehenden Gerberei und Lederverarbeitung sein. Ein Geschäftsmann. Ein Mittelständler, der die Reichen und Feinen kleiden würde. Nicht übermäßig mit Geld gesegnet, aber angesehen. Das hätte er sein können! Das und noch viel mehr!

# Am späten Nachmittag des nächsten Tages in New York, ...

... Öffnete Molly erneut die Türe für Phillip Fork. Sie wunderte sich, den Nachlassverwalter der Verblichenen, abermals zu sehen. Waren nicht alle geschäftlichen Dinge erledigt? Zumindest für das Erste? Konnte es einen anderen Grund für sein Auftauchen geben? Argwöhnisch blickte Molly ihm hinterher, als er mit Madame Yvette im Teezimmer verschwand.

Molly servierte den bestellten Tee und Gebäck und machte sich anschließend fertig, den Rest ihres eigentlich freien Nachmittags, im Park zu verbringen. Sie legte ihre Schürze ab, bürstete sich das Haar und steckte es ordentlich nach oben. Dann nahm sie, trotz der Hitze die vorherrschte ihren Umhang, um die Fadenscheinigkeit ihres Wochentagkleides zu verbergen und trat hinaus auf die Straße. Ein schwüler Lufthauch schlug ihr entgegen, als sie die Türe öffnete. Langsam schritt sie die Stufen hinab. Sie blickte zur linken, dann zur rechten Seite und entschied sich schließlich, nach rechts zu gehen. Sie spazierte den Gehweg entlang, der gegenüber des Central Parks lag, bis sich eine Toröffnung in den Park auftat. Dort überquerte sie die Straße und trat durch das hohe, mit goldfarbenen Ornamenten verzierte Tor, in den Park hinein. Wegen der großen Hitze und weil es Zeit für den obligatorischen Nachmittagstee war, waren nur wenige Menschen unterwegs. Sie ließ ihren Blick über die weiten Grünflächen gleiten. Nach wenigen Metern suchte sie sich eine Bank und setzte sich darauf nieder. Sie schloss ihre Augen und genoss die mannigfaltigen Geräusche um sich herum. Die Stimmen der Vorübergehenden verschwammen zu einem beruhigenden Gemurmel. Bald war Molly eingenickt.

Erst als die Sonne sich hinter den Bäumen versteckte, die Luft etwas kühler wurde, schlug Molly die Augen wieder auf. Die nachlassende Hitze trieb immer mehr Spaziergänger in den Park. Schläfrig, mit halb geöffneten Augen, beobachtete sie das Treiben der Menschen. Kinder stießen Reifen mit Stöcken vor sich her oder tobten durch die sanften Hügel, die sich überall im Park befanden. Manche fütterten die quakenden Enten im Teich oder die Vögel und Eichhörnchen, die sich erstaunlich nahe an ihre Gönner heranwagten. Einige Reiter waren unterwegs und ab und an ratterte eine Kutsche vorbei. Mütter mit Kinderwägen standen in kleinen Grüppchen und unterhielten sich angeregt. Der Himmel war von hauchfeinen Federwolken durchzogen, zwischen denen die Sonne sich immer wieder einen Weg zur Erde bahnte. Eigentlich war das Leben herrlich, dachte Molly. All die Schönheit. Die Farben. Die Gerüche. Die Blumen. Und doch, obwohl sie wusste, dass sie kein Recht darauf hatte, fühlte sie sich im tiefsten Inneren ihres Herzens unzufrieden. Sie konnte nicht die geringste Begeisterung für ihre neue Hausherrin aufbringen und der Tod von Madame Dupré schlug ihr mehr denn je aufs Gemüt. Ihre Weltuntergangsstimmung wurde jäh unterbrochen, als plötzlich Sam MacIntosh vor ihr stand. Sie hatte ihn nicht kommen sehen. Kaum hatte sie ihn erblickt, stieg ihr merklich die Röte ins Gesicht. Es war zu spät sich abzuwenden. Er hatte sie bereits erkannt und ging zielstrebig auf sie zu.

»Einen schönen Nachmittag, Molly!«

»Danke Sam«, erwiderte sie und hielt sich eine Hand schützend vor die Augen.

Sie blinzelte zu ihm nach oben und lächelte ein wenig. Sams Gesicht konnte kaum die Freude verbergen, die er bei ihrem Anblick empfand.

»Darf ich…?«, fragte er höflich und deutete dabei auf den leeren Sitz neben ihr.

»Natürlich, Sam.«

Er nahm Platz, schlug die Beine übereinander, legte einen Arm nonchalant über die Rückenlehne der Bank und wandte sich ihr zu.

»Wie geht es dir so? Ich habe dich lange nicht mehr gesehen. Versteckst dich wohl?«

»Nein. Nein ich verstecke mich nicht. Ich musste nur einiges erledigen. Du weißt sicherlich, dass Madame Dupré verstorben ist. Nun ist ihre Nichte die neue Hausherrin und es gab einige Umstellungen, die ein wenig mehr Arbeit mit sich brachten.«

»Die arme Dupré. Ich hab's schon gehört. Na, sie war nicht mehr die Jüngste.«

Molly nickte mit gesenktem Kopf.

»Du siehst nicht gerade glücklich aus, Molly. Ist wohl schwer, mit der neuen Lady auszukommen, hm?«

Bejahend nickte Molly erneut. Sie wagte nicht, Sam direkt in die Augen zu sehen, aus Angst die kleinen Seen, die sich in ihren Augen gesammelt hatte, könnten jeden Augenblick überlaufen. Eine Weile schwiegen die beiden. Dann räusperte sich Sam und meinte beinahe flüsternd:

»Molly…, du weißt ja, mein Angebot gilt immer noch. Ich bin nicht reich, nicht besonders schön, aber ich bin ehrlich, Molly. Ich habe eine gute Stellung und ein regelmäßiges Einkommen. Molly…, wenn du in Betracht ziehen könntest, dir mein Angebot noch einmal durch den Kopf gehen zu lassen… Ich verspreche dir, ich würde dich behandeln wie eine Prinzessin.«

Jetzt half nichts mehr. Die Tränen liefen ungehindert an Mollys Wangen entlang. Gerührt nahm Sam ihre Hand in die seine und wagte einen vorsichtigen Vorstoß:

»Kann das ein Ja bedeuten?«

Molly zog ihre Hand langsam zurück und legte sie in ihren Schoß. Sie schniefte ein wenig, kramte ein Taschentuch aus ihrer Rocktasche hervor und tupfte sich damit die Augen.

»Oh Sam. Ich weiß dein Angebot zu schätzen und ich bin mir sicher, dass du jede Frau zur glücklichsten auf dieser Erde machen kannst…«

»Jede, außer dir. Ich hab schon verstanden«, unterbrach er sie in kühlem Ton und rückte ein Stück von ihr ab.

»Sam…, ich glaube, ich bin für die Ehe nicht geschaffen«, entschuldigte Molly sich, um ihre Ablehnung taktvoller erscheinen zu lassen.

»Willst du eine alte Jungfer bleiben? Ohne Kinder? Ohne Familie? Immer im Dienst einer herrischen Lady stehen?«

»Nein. Nein, das will ich nicht«, gab Molly kleinlaut zu.

»So…, worauf wartest du denn dann? Doch nicht etwa auf den Märchenprinzen, der dich aus deiner trostlosen Kammer errettet und mit dir auf einem Schimmel davonreitet, in ein fremdes Land, in dem Milch und Honig fließen?«

Molly blickte Sam ernst an. Sie studierte den attraktiven Junggesellen, der neben ihr saß, eindringlich. Er hatte ja recht! Er wäre ein guter Gatte, mit Sicherheit. Er hatte ein sicheres Einkommen, als Privatkutscher eines reichen Bankiers und er besaß eine solide Bildung, Manieren, war humorvoll und bestimmt auch zärtlich. Dennoch, Molly konnte sich nicht vorstellen, dass das Leben dieses Schicksal für sie vorgesehen hatte. Es war arrogant und anmaßend zu denken, es könne sich noch eine bessere Gelegenheit bieten. Aller Vernunft trotzend, hoffte Molly dennoch auf die große Chance in ihrem Leben. Auf das Unvorhergesehene. Auf die Möglichkeit, die ihr wahrscheinlich verwehrt bleiben würde. Und obwohl sie Sam mochte, mehr als nur ein bisschen, sehnte sie sich nach einem Mann, der ihr den Atem rauben würde. Den sie bewundern, ja sogar anbeten konnte. Dieser Mann war Sam MacIntosh, Sohn irischer Einwanderer, definitiv nicht. Er sah gut aus in seiner Kutscheruniform, doch er würde immer nur ein Postillon bleiben. Er würde ein Leben lang nach Pferd riechen und stets in hohen Stiefeln gehen. Nein, sagte sie sich forsch in Gedanken, nein, ich will einen Mann von Stand. Einen Mann, der mir ein sorgenfreies Leben bieten kann. Der mich behandelt als wäre ich eine Dame. Und wenn es den nicht für mich gibt, dann bleibe ich eben alleine.

»Keine Antwort, hm?«, fragte Sam, nachdem sie beharrlich schwieg. »Das dachte ich mir!«

Er hatte etwas triumphierendes in seinem Blick, das ihr deutlich zeigte, für wie hochnäsig er sie hielt. Sam erhob sich, griff nach ihrer Hand und küsste sie galant.

Er schlug die Hacken zusammen und ging wortlos von dannen.

Traurig blickte sie ihm hinterher, bis er hinter einer Wegbiegung verschwunden war. Ich habe ihn zutiefst gekränkt, warf Molly sich vor. Selbst wenn sie ihre Meinung doch noch ändern würde, wäre es unwahrscheinlich, dass Sam sie noch haben wollte, nachdem sie ihm nun schon das zweite Mal einen Korb gegeben hatte. Auch er hatte vermutlich seinen Stolz.

# Nachts in einem schäbigen Gasthof in Rouen, ...

... hatte Pierre Unterschlupf gefunden. Er hatte nichts an Gepäck bei sich, außer einer schmuddeligen kleinen Reisetasche, die ihm der Wirt wortlos überreicht hatte. Da hinein hatte Pierre den Sack mit den Briefen gestopft. Barracé hatte ihn eindringlich aufgefordert, jedes Beweisstück, das auf Pierre zurückdeuten könnte, aus seinem Keller zu entfernen. Keine Spur durfte zu seiner Kneipe führen.

Die Fahrt war reibungslos verlaufen. Auch Barracés Bekannter schien kein wirklich unangenehmer Bursche zu sein. Jedenfalls konnte sich Pierre mit ihm die Reise durch lange Gespräche verkürzen. Als sie mit nur einer Übernachtung in Rouen ankamen, lag die Stadt bereits im Dunkeln. Ihre Wege trennten sich rasch und Pierre machte sich auf die Suche nach einer bezahlbaren Unterkunft. Er hatte nur einige Münzen in den Taschen. Für eine Luxusherberge würde es nicht reichen.

Trotz der nachtschlafenden Zeit waren die Straßen noch belebt. Pierre fragte den einen oder anderen Passanten nach einer Übernachtungsmöglichkeit. Bald schon wurde er in eine Gasse am Rande der Stadt geschickt und fand dort ein Wirtshaus, das auch Zimmer zur Verfügung stellte. Die Unterkunft war schäbig, der Wirt muffig und das Essen kaum genießbar. Aber was blieb ihm schon übrig? Es war ja nur vorübergehend. Außerdem durfte er sich nicht beschweren, schließlich hatte der Wirt keine Vorauskasse verlangt. Erschöpft von der langen Reise, begab sich Pierre nach einem zu fettreichen Abendmahl in sein Zimmer. Er wusch sich und legte sich sofort in das durchgelegene Bett. Als er die Decke zurückschlug, staubte es gewaltig und obwohl er ansich nicht sehr anspruchsvoll war, rümpfte er angeekelt die Nase. Als er so lag und den Plafond anstarrte, überkam ihn plötzlich ein ungeheurer Weltschmerz. Mit einem Male fühlte er sich einsam und verstoßen. Paris wollte ihn nicht mehr. Seine Geburtsstadt. Die Stadt, in der er ein Leben lang gewohnt hatte. Die Stadt, in der er seinen besten Freund verloren hatte. Pasquale! Pasquale! Oh Gott, wie dumm sie nur gewesen waren! Wie Anfänger! Wie die naivsten Einfaltspinsel sind sie den Gesetzeshütern auf den Leim gegangen! Es half ihm nicht, die Gedanken in andere Bahnen lenken zu wollen. Den Kopf voll Trauer und Wehmut, schlief er schließlich gegen Mitternacht ein.

Als er am nächsten Morgen erwachte, hörte er geschäftiges Treiben in der Gaststube. Rasch kleidete er sich und stieg die Holztreppe hinunter. Ein pausbäckiges Mädchen fragte freundlich, ob er im Hause zu frühstücken gedenke. Nickend stimmte er zu und setzte sich an einen der kleineren Tische. Trotz der frühen Stunde waren mehrere Tische besetzt. Männer jeden Alters sprachen hitzig angeregt miteinander. Sie diskutierten über Politik, Arbeit und Geld das niemand hatte und an dem es hinten und vorne mangelte. Pierre bemerkte, dass die Männer allesamt aussahen, als hätten sie schon mehrere Flaschen Cidre in sich geschüttet. Die Zungen bewegten sich schwerfällig und die Augen funkelten wie im Fieber. Es schien in Rouen nicht ungewöhnlich zu sein, sich zu dieser Stunde in einer Kneipe zu treffen.

Pierre aß das vorgesetzte Croissant mit Appetit. Er stippte das Gebäck in seinen Milchkaffee, kaute auf dem vollgesogenen Stück andächtig herum und belauschte die Gespräche der Männer. Wieder und wieder wurde ihm bewusst, über welche Nichtigkeiten sich diese Tagediebe den Kopf zerbrachen. Insgeheim dachte er, die hätten erleben sollen, was ihm widerfahren war, dann wären sie nicht mit diesen spießigen Problemen beschäftigt. Ach! Diese Menschen waren eben einfache Arbeiter, Bauern oder Nichtstuer, deren Intellekt kaum über den Rand der heimischen Suppenschüssel hinausragte. Ich bin anders, sagte Pierre sich in Gedanken. Ich habe eine gute Schulbildung genossen. Zumindest ein paar Jahre. Aber, so fragte er sich sogleich, warum nur hatte er dann diese kriminelle Karriere eingeschlagen? War er nicht befähigt einen anderen Weg zu beschreiten? Konnte er nicht auf ehrliche Weise Geld und Anerkennung erlangen? Oder war der ehrliche Weg einfach der mühsamere? Pierre entschied sich für letzteres. Es konnte nicht Gottes Bestreben sein, die Menschen für ein bisschen Freude leiden zu lassen. Und konnte Gott es gewollt haben, dass die einen reich und die anderen bettelarm sind? Nein, das war ganz und gar kein christlicher Ansatz. Also kann es auch nicht verkehrt sein, wenn man sich sein Glück holt, egal auf welche Art und Weise, sagte sich Pierre.

Er stopfte sich das letzte Stück Gebäck in den Mund, spülte mit einem Schluck Milchkaffee nach und erhob sich. Das pausbäckige Mädchen wünschte ihm einen schönen Tag und servierte das Frühstücksgeschirr ab. Pierre trat hinaus auf die Straße und blickte sich intensiv zu beiden Seiten um. Er ging die Gasse entlang, bis er auf einen freien Platz kam. Dort sah er mehrere einachsige Karren, die nach hinten gekippt, die Deichseln in die Luft ragend, neben aufgebauten Marktständen standen. Von allen Seiten eilten Frauen in Kittelschürzen, Kinder und Männer herbei, um für die dargebotenen Waren zu feilschen. Pierre verharrte eine Weile auf der Stelle und beobachtete das immer hektischer werdende bunte Treiben. Dann gesellte er sich schlendernd auf die Mitte des Marktplatzes. Er tat, als vergleiche er die Preise und reihte sich schließlich hinter einer Menschenschlange ein, die geduldig auf den Metzger wartete. Seine Sinne waren geschärft, wie die einer Raubkatze auf Beutejagd. Aus den Augenwinkeln kontrollierte er die Situation. Vor ihm stand eine junge Frau, mit einer weißen Kappe auf dem Haupt. Sie trug einen leeren Korb über ihren Arm und summte leise eine Melodie, die Pierre aus seiner Kindheit kannte. Unauffällig rückte er immer näher an sie heran. Als die Falten ihres Rockes seine Oberschenkel berührten, tastete er sich langsam nach vorne. Mit geschickten Fingern fand er ihre Rocktasche. Um sie abzulenken, stolperte er absichtlich einen Schritt nach vorne. Just in diesem Moment zog er ihr die Geldbörse aus der Rocktasche und ließ sie geschwind in seine Jackentasche gleiten.

»Pardon Madam!«, rief er höflich aus und hob die Hände in einer entschuldigenden Geste in die Höhe. »Ich muss gestolpert sein.«

Als die junge Frau sich umdrehte, blickte er in die blauesten Augen, die er je im Leben gesehen hatte.

»Aber das macht doch nichts«, erwiderte sie lächelnd und warf mit einer Handbewegung ihren dicken Zopf in den Nacken zurück.

Pierre nickte höflich und trat einen Schritt nach hinten. Eine Hand ließ er in die Jackentasche gleiten und befühlte die Börse. Sie schien reichlich befüllt. Ein Glücksfall! Die Wartenden bewegten sich einen Schritt nach vorne und Pierre schloss auf. Er wollte möglichst unauffällig bleiben und beschloss, sich einfach ein Stück Wurst von diesem offenbar sehr beliebten Metzger zu gönnen. Kaum war die junge Frau vor ihm an der Reihe, heulte sie entsetzt auf:

»Meine Börse! Oh, sie ist nicht in meiner Rocktasche!«

Sie schaute sich hilfesuchend um. Ihr Blick traf Pierres und augenblicklich fühlte er sich schuldig. Tränen standen in den großen, runden Puppenaugen, die angstvoll aufgerissen vor sich hinstarrten. Von einem inneren Impuls getrieben, bückte sich Pierre und holte im gleichen Moment die lederne Börse aus seiner eigenen Tasche. Er richtete sich wieder auf und streckte sie der jungen Schönheit entgegen.

»Suchen sie das hier, Madame?«, fragte er kokett. »Die wird ihnen aus der Tasche gefallen sein.«

Einen Freudenschrei unterdrückend, nahm sie das Etui entgegen.

»Oh, welch ein Glück!«, rief sie erfreut aus. »Ich danke ihnen! Ich danke ihnen vielmals!«

»Es freut mich, dass ich ihnen diesen Dienst erweisen konnte.«

»Mein Herr, sie ahnen nicht, vor welchem Unglück sie mich bewahrt haben. Madame hat mir heute aufgetragen, neues Leinen zu erwerben. Aus diesem Grunde hat sie mir mehr Geld als normal mitgegeben und auch noch meinen Monatslohn. Ich will mich für ihre Ehrlichkeit erkenntlich zeigen.«

Sie kramte in der Börse und zog einige Münzen hervor. »Ein bescheidener Finderlohn. Bitte nehmen sie.«

Pierre winkte entschieden ab.

»Aber nein, Mademoiselle! Es ist mir eine Ehre, sie so glücklich gemacht zu haben«, sagte er galant und winselte innerlich über sein aufgesetztes Gehabe.

Wie dringend hätte er den Inhalt dieser fett gefüllten Börse doch benötigt. Nicht genug, dass er Skrupel hatte eine hübsche Magd auszurauben, nein, er schlug auch noch mit weltmännischer Überheblichkeit den Finderlohn aus! Wie dumm konnte ein Mann sein, der sich mit stolzgeschwellter Brust benahm wie ein Gockel auf dem Misthaufen!

Der ungeduldige Metzger trieb die junge Frau schließlich mürrisch an. Sie erledigte ihre Geschäfte, verabschiedete sich lächelnd von Pierre und schritt eilig von dannen. Mit ihr ging die dicke Börse und Pierres ganze Hoffnung. Er kaufte ein Stück Wurst, das er eigentlich nicht brauchte und trollte sich zu einer Bank, die unter einer Sommerlinde stand. Mit wenig Appetit kaute er auf seiner Wurst herum und schaute sich nach einem neuen Opfer um. Dieses Mal wählte er einen älteren Herrn, der nicht gerade einen minderbemittelten Eindruck auf ihn machte. Sein Anzug war ordentlich geplättet, seine Schuhe poliert. Diesen Herrn würde es nicht arg treffen, ein paar Francs zu verlieren, entschied Pierre, sein Gewissen beruhigend. Geschickt und diesesmal ohne Reue zu empfinden, stibitzte er das Herrenportemonnaie und verschwand mit seiner Beute. Als er es an einem sicheren Ort öffnete, war er angenehm überrascht. Ein gutes Geschäft war ihm da in die Finger geraten! Beschwingt erledigte er, was er zu tun gedachte und kehrte gegen Abend wohlgenährt, mit neuem Gehrock, einem Paar Beinkleider, Schuhe aus feinstem Leder und einem Lächeln auf dem Gesicht in seine Bleibe zurück. Er bat den Wirt um die Rechnung, zahlte einen Tag extra, da er das Zimmer nicht zum Vormittag geräumt hatte und siedelte in eines der besseren Hotels über.

# Wieder in New York, ...

... empfing Madame Yvette de Castanac eine Dame, die das Interieur des Hauses neu gestalten sollte. Dicke Stoffballen und Muster von verschiedenen Tapeten lagen im Teezimmer auf dem Boden verstreut. Der Kutscher der Raumdekorateurin hatte sie bereits am frühen Morgen gebracht. Molly balancierte das Tablett mit den Getränken geschickt an den Hindernissen vorbei und setzte es auf dem kleinen Tischchen ab. Madame erhob nicht für eine Sekunde das Antlitz, so sehr war sie mit der Auswahl beschäftigt. Die elegant gekleidete Raumdekorateurin, deren Name weit über New Yorks Grenzen hinaus bekannt zu sein schien, nickte Molly dankend zu, als diese ihr eine volle Tasse Tee reichte. Als das Mädchen jedoch eine zweite Tasse eingoss und der Hausherrin darbot, lehnte diese unwirsch ab.

»Siehst du nicht, dass ich beschäftigt bin?«, zischte Yvette ärgerlich. »Sieh zu, dass du keinen Tropfen über die Muster schüttest. Ich will mich vor Madame Willow nicht blamieren.«

Und an die Dekorateurin gewandt sagte sie, als sei Molly nicht anwesend:

»Es ist so schwer heutzutage gutes Personal zu finden. Ich war leider nicht in der Lage, mein eigenes Mädchen aus Frankreich mitzubringen.«

Molly schoss das Blut ins Gesicht. Eine heiße Welle breitete sich bis zu ihren Haarwurzeln aus. Was bildete sich diese Person ein, sie auf solch impertinente Art und Weise zu kompromitieren? Und was bedeutete, sie konnte ihr eigenes Mädchen nicht mitbringen? So viel Molly wusste, war Madame de Castanac nichts weiter als eine Witwe, die jahrelang auf Kosten ihres einst wohlhabenden Mannes in Saus und Braus gelebt hatte, bevor die maßlosen Eheleute alles durchgebracht hatten. Da war sicherlich kein Mädchen gewesen, das sie in den letzten Monaten, irgendwo im ländlichen Exil, bedient hatte. Aber warte nur, sagte Molly sich. Warte nur ab, Hochmut kommt vor dem Fall.

Mrs. Willow nahm den Vorfall kaum zur Kenntnis. Sie behielt ihr freundliches Lächeln bei, das Molly als Aufmunterung, denn Schelte deutete. Molly verließ den Raum und zog sich in die Küche zurück. Sie putzte die Feuerstelle, holte Kohlen aus dem Keller und schälte Kartoffeln. Als sie ein wenig Pause hatte und Madame offensichtlich mit der Auswahl der Stoffmuster zu beschäftigt war, um sie zu rufen, zog sie sich in ihr Zimmer zurück. Aufatmend schloss sie die Türe hinter sich und blickte sich in dem kargen Raum, der ihre Zuflucht, ihre Heimat war, um. Außer einem schlichten Bett, einem Nachttisch, zwei Stühlen, einem Tisch und einem Schrank, befand sich nichts an Mobiliar in dem Dachzimmer, das trotz der gleißenden Sonne, die erbarmungslos vom Himmel brannte, in Dämmerlicht gehüllt war. Auf dem Tisch stand eine ausgediente Waschschüssel, deren Emaille beinahe komplett abgebröckelt war. Darin stand ein altmodischer Wasserkrug. Ein Waschlappen und ein Handtuch hingen an einem schief eingeschlagenen Haken an der Wand. Mollys größter Schatz, die Spieluhr, stand auf dem Nachttisch direkt neben dem Bett. Sie setzte sich auf die Kante des Bettes und strich liebevoll mit der flachen

Hand über den lackierten Holzdeckel. Vorsichtig hob sie ihn mit beiden Händen an. Kaum, dass sie einen Blick auf die geschnitzten Figuren warf, fingen diese an, sich im Takt zur Musik zu bewegen. Unablässig überquerten sie nacheinander die Brücke von Avignon, um an deren Ende eine Drehung zu vollziehen und den Weg zurückzugehen. Molly biss sich auf die Lippen. Nur mühsam konnte sie den Kloß, der sich in ihrem Hals breitgemacht hatte, hinunterschlucken. Ich werde nicht weinen, sagte sie sich immer wieder mit Nachdruck. Weinen wird mir nicht helfen. Ich werde es ihr zeigen. Ich muss stark sein und darf ihr keinen Grund zur Ärgernis geben, sonst wird sie mich aus dem Haus ekeln. Alleine die Vorstellung war entsetzlich. Was sollte sie dann tun? Sam MacIntosh ehelichen, um nicht unter die Räder zu geraten? Oder als Gesellschaftsdame in einer der zwielichtigen Tavernen arbeiten? Nein! Nein, sie konnte weder das eine, noch das andere. Es musste einen Weg geben, mit Madame Yvette de Castanac auszukommen. Kein Mensch ist durch und durch gemein, rief Molly sich in Erinnerung. Wer weiß, was sie alles in ihrer Zeit als Ehefrau erdulden musste? Aber deshalb Madame in Schutz nehmen, ihre Launen stillschweigend ertragen und unterwürfig ihre abstrusen Wünsche erfüllen? Nein, auch das wäre ein Betrug an der eigenen Person. Resigniert stellte Molly fest, dass sie nur abwarten konnte und hoffen, dass sich die Situation von alleine bessern würde.

Als die Klingel ertönte, wurde Molly jäh aus dem Sinnieren gerissen. Eilig stürmte sie die Treppe hinunter. Mit einem kurzen Klopfen ließ sie sich ins Teezimmer ein. Madame bat, wie üblich in forschem Ton, sie möge

Mrs. Willow zur Türe geleiten. Molly tat wie ihr befohlen und brachte die Dekorateurin, die zuvor Madame noch versicherte, dass ihr Kutscher die Stoffbahnen und Musterrollen bald abholen würde, zur Türe. Kaum hatte die Dame das Haus verlassen, lief Yvette aufgebracht in ihr Zimmer und rief lautstark nach Molly. Sie folgte Madame und fand sie vor dem Frisiertisch sitzend.

»Steck mir die Haare anständig nach oben! Du hast heute Morgen zu wenig Nadeln verwendet! Sieh dir nur an, wie schlampig ich aussehe!«, beschwerte sie sich und zog an einer Strähne, die sich tatsächlich aus der Frisur gelöst hatte.

Ohne etwas zu sagen, fing Molly an, die Nadeln aus der Steckfrisur zu entfernen. Sie bürstete Madames Haar, was wieder von dem üblichen kindlichen Gejammer begleitet wurde. Molly konnte sich noch so mühen, Madam fauchte sie immer an, dass es ziepen und zwicken würde. Ungerührt von dem Gewinsel verrichtete das Mädchen ihre Arbeit. Dann stäubte sie Madame mit Parfum ein, bürstete ihr Kleid ab, um es von eventuellen Haaren und Fusseln zu befreien. Madame erhob sich und betrachtete sich von allen Seiten im Spiegel. Wohlwollend blickte sie an sich hinab, hob ihr Haupt unnatürlich weit nach oben und stolzierte die Treppe hinab. Im Foyer blieb sie abwartend stehen.

»Ihren Umhang, Madame?«, fragte Molly unsicher, die ihr Warten nicht zu deuten verstand.

»Selbstverständlich! Oder glaubst du ich will hier Wurzeln schlagen, dummes Ding!«

Ich bin es gewohnt, dass man mit mir spricht, wenn man etwas von mir will und nicht verlangt, dass ich auch noch Gedanken lesen kann, dachte Molly trotzig. Kommentarlos legte sie der feinen Dame den Umhang um die Schultern und drückte ihr den Sonnenschirm in die Hand. Dann setzte sie Madame einen Hut auf das Haupt und befestigte ihn mit einer großen Hutnadel, die sie bei genauerer Überlegung gerne ein wenig tiefer durch den Stoff des Hutes gestoßen hätte. Sich bei diesem unreinen Gedanken ertappend, wandte sich Molly schnell der Haustüre zu, aus Angst, dass ihr Gesicht sie verraten könne. Doch kaum wollte sie diese öffnen, zischte Madame erbost:

»Was denkst du nur? Hab ich dich mit einem Wort darum gebeten, die Türe zu öffnen? Mich den Blicken der Vorübergehenden auszusetzten! Glaubst du, ich ginge ohne Begleitung am helllichten Tage über den Bürgersteig, wie eine gewöhnliche Magd?«

Mollys Nasenflügel fingen vor Wut zu beben an. Ihre Hände zitterten und ihre Zähne waren fest aufeinandergebissen. Sie trat gehorsam einen Schritt zurück. Madames Blick streifte sie wie ein Blitzschlag. Sie wagte kaum zu atmen. Angespannt stand sie hinter Madame, die auf eine Abholung zu warten schien. Mehrere Minuten umständlichen Schweigens waren vergangen, als von außen jemand an der Glocke zog. Molly trat hervor, doch Madame hielt sie abermals mit einem Handgriff zurück. Die spitzen Finger, die in Glacéhandschuhen steckten, bohrten sich mit aller Kraft in Mollys Oberarm. Erschrocken winselte Molly auf, hielt aber sofort die Luft an, als sie Yvettes vor Wut funkelnde Augen sah.

»Warte, du hirnloses Geschöpf! Wie schnell glaubst du, sollte eine Dame sich einem Galan an den Hals werfen?

Unsereins macht sich rar und lässt den Herrn eine angemessene Zeit warten!«, zischte die Hausherrin flüsternd in schulmeisterndem Ton und ließ Molly erst los, als sie die Zeit für gekommen erachtete.

Mit einem Kopfnicken zeigte sie Molly an, die Türe zu öffnen. Schnell fuhr sich Yvette mit der Zunge über die Lippen, bis sie in feuchtem, üppigen Glanz erstrahlten. Als Molly die Türe geöffnete hatte, stand ein Kutscher geduldig wartend am Treppenabsatz. Er hielt Madame eine ausgestreckte Hand entgegen und führte sie galant die Treppe hinunter zu dem Gefährt, das am Rand der Straße parkte. Der Kutscher, der eine grüne Postillonuniform trug, auf deren Schultern üppige Quasten baumelten, öffnete die Türe der Kutsche und klappte mit seinen Stiefelspitzen das Trittbrett nach unten. Für den Bruchteil einer Sekunde sah Molly das Gesicht eines Herrn, der seinen Hut zum Gruße hob. Ein schmerzender Stich bohrte sich durch ihr Herz. Sie hatte ihn erkannt, ohne jeden Zweifel. Madame Yvette de Castanac fuhr in Begleitung von Phillip Fork aus. Wie konnte sich diese Schlange nur erdreisten, diesem anständigen Herrn, der Ehemann und Familienvater war, den Kopf zu verdrehen? Wie konnte sie nur, fragte Molly sich und schloss die Haustüre lauter als geplant hinter sich.

# Im Hotel Bellevue in Rouen, ...

... Stieg die Crême de la Crême der Gesellschaft ab. Und Pierre? Der fühlte sich mit einem Mal dazugehörig. Von einem Hausdiener begleitet, betrat er ein komfortabel ausgestattetes Zimmer. Er nickte zufrieden, reichte dem Pagen einige Münzen und ließ sich seinen neuen Koffer, der mit hunderten von Briefen gefüllt war, auf die Gepäckablage hieven. Kaum hatte der Page die Türe von außen geschlossen, ließ Pierre sich mit ausgebreiteten Armen auf das Bett fallen. Er gähnte herzhaft, räkelte sich ein wenig und blieb einige Zeit tagträumend liegen. Er überlegte, was er sich in den nächsten Tagen alles gönnen würde. Nach einer geraumen Weile erhob er sich, streckte die müden Glieder, machte sich ein wenig frisch und ging wie selbstverständlich in den Speisesaal hinunter. Er ließ sich vom Maître d'hotel einen Platz am Fenster zuweisen, von dem aus er nicht nur auf den nächtlich beleuchteten Bürgersteig blicken, sondern auch den Rest des Saales überschauen konnte. Das Hotel war gut gebucht. Sein Blick blieb an den teuren, funkelnden Colliers hängen, die sich um die Hälse der Damen schmiegten. Bisher war ihm sein Glück hold gewesen. Nie hätte er sich erträumen lassen, dass er innerhalb weniger Stunden ein beachtliches Vermögen anzuhäufen fähig wäre. Der Inhalt der letzten zwei Börsen war von einer Höhe gewesen, die ihm mit Leichtigkeit einen ganzen Monat in diesem Paradies ermöglichen würde. Gemessen an dem Aufwand, des Nervenkitzels und des Risikos das er eingegangen war, war die ergaunerte

Summe beträchtlich höher gewesen, als zuvor erhofft. Sollte das Glück weiterhin an ihm kleben wie ein Stück Zucker, würde er innerhalb weniger Tage ein anständiges Grundkapital besitzen. Das Bellevue bot sich dafür sichtlich an, wie ihm ein weiterer Blick auf die erlauchte Gästeschaft bestätigte. In der Mitte des Speisesaales saßen drei ältere, hochdekorierte Herren. Daneben die dazugehörigen Ehefrauen, die nicht minder, wegen des edlen Schmucks und Pomps, ins Auge stachen. Pierre rieb sich innerlich die Hände. Er bestellte ein Menü und aß die fein angerichteten Gänge mit Genuss. Seine Stimmung hatte den Höhepunkt erreicht. Gleich morgen würde er weiter an seinem neu erworbenen Glück arbeiten.

Nach ausgiebigem Mahl, vertrat er sich ein wenig die Füße. Aufrecht, mit erhobenem Haupt und in Manier eines Edelmannes, durchschritt er die nächtlichen Straßen von Rouen. Launig bummelte er am Kanal entlang, setzte sich auf eine Bank und genoss die laue Abendluft. Als die Glocken zehn schlugen, machte er sich auf den Weg zurück ins Hotel. Einige Straßenmädchen tummelten sich an der Stadtmauer. Sie riefen ihm zweideutige Anzüglichkeiten hinterher und warfen ihm kokett Kusshände zu. Pierre lachte sie an, machte aber keinerlei Anstalten ihre Angebote anzunehmen. Ein Herr von Welt suchte sich keine Dirne. Ein Herr von Welt hielt sich bestenfalls eine Mätresse. Oder aber er ging auf Brautschau. Und da ihm keines von beidem zusagte, stand für ihn fest, dass ein Herr von Welt sich ausschließlich um seine Finanzen kümmern sollte.

Im Hotelzimmer angelangt, zählte er zum vierten Male sein erbeutetes Geld. Morgen müsse er sich um weitere

Garderobe, Schuhe und einen passenden Spazierstock bemühen. Vielleicht sollte er den Schneider direkt hierher bestellen. Das würde die mühselige Suche ersparen und ihm Zeit für den weiteren Broterwerb einräumen. Ja, das war eine gute Idee. Seine Gedanken überschlugen sich regelrecht. Und obwohl er schon ausgekleidet war und es sich in den weichen Kissen bequem gemacht hatte, wurde ihm klar, dass er noch lange nicht an Schlaf denken konnte. Unruhig suchte er nach Zerstreuung. Da fiel sein Blick auf den Koffer. Er stand auf, öffnete den Deckel und kramte einige der noch ungelesenen Briefe hervor. Dann huschte er, wie ein Jugendlicher, der etwas Verbotenes im Schilde führt und von der Angst getrieben wird, die Eltern könnten ihn entdecken, zurück unter das Plumeau. Er nahm ein Kuvert, brach das Siegel und las die zittrige Handschrift. Fasziniert überflog er den Text ein zweites und sogar ein drittes Mal. Dann legte er den Brief zur Seite und öffnete den nächsten. Ein Dankesschreiben. Langweilig, von keinerlei Interesse. Auch der dritte Brief erwies sich als belangloses Geplänkel zwischen zwei Freunden, die sich seit Jahren nicht mehr getroffen hatten. Er versuchte noch den vierten Brief, brach aber in der Mitte ab, um den ersten Brief noch einmal zur Hand zu nehmen. Der Poststempel verriet, dass dieses Schreiben schon vor längerer Zeit aus Amerika abgesandt wurde. Welch lange Reise hatte dieses Stück Papier bereits hinter sich! Amerika, das gelobte Land der Neuzeit, ging es Pierre durch den Kopf. Wieder las er die Begrüßung.

*Verehrte Lisette, teure Freundin,*

*meine Gesundheit liegt seit langem im Argen und ich muss von nun an täglich mit meinem Ableben rechnen. Gott der Allmächtige hat mir vierundachtzig wunderbare Jahre beschert und ich blicke, von Glück und Zufriedenheit erfüllt, auf mein Dasein zurück.*

*Ich bedauere sehr, dass wir uns in diesem Leben vermutlich nicht mehr sehen werden. All die Jahre, die ich mit meinem Gatten selig in Paris verbracht habe, sind mir die kostbarsten gewesen, nicht zuletzt, da Sie mir eine wunderbare Freundin geworden sind. Ich denke oft an unsere gemeinsamen Nachmittage zurück und vor allem daran, mit wie viel Großzügigkeit Sie mich an ihren Mutterfreuden teilhaben ließen, die mir bedauerlicherweise verwehrt blieben. Ihr Sohn Armond ist mir in den Jahren seiner Kindheit ans Herz gewachsen, als wäre er mein eigen Fleisch und Blut.*

*Ich will Sie nicht mit den Sentimentalitäten einer alten, gebrechlichen Frau langweilen. Lassen Sie mich ohne Umschweife zur Sache kommen.*

*In ihrem letzten Brief, den ich mit Freude gelesen habe, schrieben Sie mir, dass Armond nun schon beinahe fünfunddreißig Lenze zählt und noch immer nicht die Frau fürs Leben gefunden habe. Ich kann verstehen, dass Sie sich um die Freude, Enkelkinder aufziehen zu dürfen, betrogen fühlen. Man vereinsamt sehr, besonders, wenn man mit der Bürde der Witwenschaft geschlagen ist.*

*Meine liebste Freundin, wie Sie wissen, habe ich eine ferne Verwandte, die ich liebevoll meine Nichte nenne, obwohl sie* es nicht wirklich ist. Doch was spielt das für eine Rolle? Dieser jungen Dame, Yvette de Castanac, werden nach meinem Ableben alle meine Besitztümer übereignet. Sie ist eine ehrbare junge Frau, der das Schicksal vor kurzem den Mann genommen hat. Leider hat dieser nicht für ihr finanzielles Wohl vorgesorgt. Sie werden verstehen, was ich Ihnen zu sagen versuche. Wenn sie in Betracht ziehen könnten, ihren Sohn mit meiner Nichte bekannt zu machen, so würden die beiden im Falle einer Verbindung durchaus voneinander profitieren. Der Grundstock für ein großzügiges Heim ist gelegt und auch für eine angepasste Mitgift könnte ich sorgen, wenn Ihr werter Sohn bereit wäre, die junge Madame Yvette zu ehelichen. Da ich weiß, dass Armond sich des öfteren in Boston befindet, um an der Harvard Universität über die neusten medizinischen Erkenntnisse zu dozieren, wäre es mir eine Ehre, ihn eines Tages in meinem Heim begrüßen zu dürfen.

Teure Lisette, bitte überdenken Sie meinen Vorschlag, der für beide Teile von Schaden nicht sein würde. Bitte teilen Sie mir Ihre Entscheidung in Bälde mit und verbleiben Sie trotz meines törichten Anliegens meine getreue Freundin.

Seien Sie herzlichst umarmt.

Hochachtungsvoll, Ihre

Sophie-Louise Dupré

Pierre faltete den Brief ordentlich zusammen und steckte ihn zurück in das Kuvert. Aus einem Grund, den er nicht zu nennen vermochte, legte er das Schreiben auf seinen Nachttisch. Die anderen Briefe trug er zur offenen Feuerstelle. Er schleuderte sie in den Kamin und zündete sie an. Dann öffnete er den Koffer und fütterte die Flammen mit den restlichen Briefen. Auch die noch ungelesenen übergab er der auflodernden Feuersbrunst. Er beobachtete, wie die Siegel unter der Hitze schmolzen und sich schließlich in den Flammen aufzulösen schienen. Asche stob wie schwarze Schmetterlinge tanzend durch den Kamin nach oben, um sogleich, nachdem die Flammen allmählich erstarben, wieder auf den verkohlten Papierhaufen zurückzusinken. Erst als nichts weiter als der Geruch von Verbranntem im Raume zurückgeblieben war, stieg Pierre zufrieden in sein Bett zurück. Mit einem letzten Blick auf den Brief, der auf dem Nachttisch lag und der Gewissheit, sich wichtigen Beweismaterials entledigt zu haben, schlief er beruhigt ein.

# Eine Woche später in New York, ...

... belauschte Molly zuerst unfreiwillig, dann mit wachsender Neugierde ein Gespräch zwischen Madame Yvette de Castanac und dem Rechtsbeistand Phillip Fork. Die beiden hatten sich im Teezimmer versammelt. Schon bei Mr. Forks Ankunft hatte Molly bemerkt, dass er nicht, wie die letzten Male, aus privatem Grunde hier war. Sein Gesicht war ernst und verklärt. Als Madame ihm, wie immer mit überschwänglichen Gebärden entgegenging, erwiderte er ihre offenbarte Freude mit keiner Miene. Und gerade als Molly sich mit dem Teetablett näherte, wurde sie unfreiwillig zur Ohrenzeugin. Die Türe zum Teezimmer stand einen spaltbreit offen und die Stimmen der beiden drangen klar und deutlich zu ihr vor.

»Ich kann diesen Auftrag aber nicht rückgängig machen!«, sagte Madame in trotzigem Ton.

Sie schien im Zimmer auf und ab zu gehen, denn Molly hörte Schritte und das Rascheln ihres Rockes.

»Aber so hören sie doch, Yvette!«

Ah..., ging es Molly durch den Kopf, sie sprechen sich schon mit Vornamen an. Kaum war sie der Tatsache gewahr geworden, empfand sie erneut eine Welle der Wut gegen diese Person, die so selbstverständlich Madame Duprés Platz eingenommen hatte, in sich aufsteigen.

»Ich will es nicht mehr hören! Ich will es nicht mehr hören!«

»Ich bitte sie..., bleiben sie eine Minute ruhig hier stehen und schenken sie mir ihr Ohr!«

Eine Schweigepause entstand und Molly nutzte sie, um rasch den Tee zu servieren. Bedächtig klopfte sie an und wartete auf eine Antwort. Phillip Fork ließ sie ein. Schnell servierte sie den Tee, den Kopf dabei gesenkt, da sie meinte, man müsse ihr ansehen, dass sie gelauscht hatte. Als sie den Raum wieder verließ, eilte sie nach nebenan in die Bibliothek. Molly presste ihr Ohr gespannt an die Wand, die die beiden Räume trennte. Gott sei gelobt, waren die Wände des Hauses hellhörig und so konnte sie dem weiteren Gespräch folgen.

»Ich muss es noch einmal wiederholen, Madame..., sie können es sich nicht leisten, dieses Haus zu renovieren. Nicht solange, bis wir eine gesicherte finanzielle Einkunft für sie gefunden haben.«

»Sehen sie sich doch nur um, mein Lieber! Dieses Haus hat den Charme einer Totengruft. Diese dunklen Vorhänge, diese altmodischen Tapeten..., ich werde schon ganz schwermütig. Können sie das denn nicht verstehen?«

Fork räusperte sich laut.

»Nun..., mit Verlaub, Madame..., ich wage zu behaupten, sie befinden sich in einer höchst glücklichen Lage. Es gibt nicht viele Menschen in dieser Stadt, die solch ein feudales Anwesen das ihre nennen dürfen. In der Tat muss ich gestehen, dass mein eigenes Heim weitaus bescheidener ist.«

Es klang wie ein Trost, doch Madame schien es nicht gelten zu lassen.

»Ich werde mir die Ohren zuhalten, wenn sie nicht augenblicklich damit aufhören, mir etwas schönzureden, welches es in keiner Weise verdient. Ich bin gewohnt in hellen Räumen zu leben. Wir hatten eine eigene Orange-

rie, einen wunderbaren Wintergarten, einen lichtdurch-
fluteten Raum, in dem mein Flügel stand...«

»Darf ich sie erinnern, Madame, dass sie nicht mehr
im Besitz dieser Dinge sind? Und darf ich sie an die
Schuldscheine erinnern, die ihnen ihr Gatte selig hinterlassen hat?«, fragte Fork leicht schnippisch und bereute
seine Worte offenbar sogleich, da er weniger belehrend
fortfuhr: »Madame, wären sie nicht in Madame Duprés
Gunst gestanden, dann würden sie heute womöglich
nicht einmal ein Dach über dem Kopf haben.«

»Das mag ja alles sein und dennoch fühle ich mich in
diesem Hause nicht wohl, solange es nicht nach meinem
Geschmack gerichtet ist. Außerdem habe ich die Stoffe
und Tapeten schon bestellt. Ich kann das nicht mehr
rückgängig machen, verstehen sie?«

Wieder entstand eine Pause. Molly hätte gerne noch
mehr gehört, doch sie erinnerte sich mit Bedauern an
die Pflichten, die sie in der Küche erwarteten. Sie hatte
ihr Ohr bereits von der Wand gelöst, ihre Schürze glatt-
gestrichen, als plötzlich ein Schluchzen zu ihr durch-
drang. Sofort bezog sie wieder Position. Ganz deutlich
war Madames verzweifeltes Weinen zu hören. Mr. Forks
Stimme konnte sie nur noch als brummenden Singsang
vernehmen. Vermutlich versuchte er sie mit seinem tiefen
Bass zu trösten, wie man ein Kleinkind dazu bringt, die
Tränen versiegen zu lassen. Eine Weile blieb es ganz still,
dann meldete sich Mr. Fork abermals zu Wort.

»Madame..., es kann nicht mehr lange dauern, bis wir
Nachricht aus Frankreich erhalten.«

»Das haben sie schon vor einigen Tagen gesagt«, warf
sie ihm schniefend vor.

»Seien sie versichert, ihre Tante selig hat alles in die Wege geleitet. Ich selbst habe den besagten Brief versiegelt und zur Post gebracht.«

»Und was, wenn sich Madame Bechameré nicht meldet? Wenn sie sich über den Vorschlag meiner Tante echauffiert? Wenn sie mich nicht für Wert befindet, ihren kostbaren, einzigen Sohn zu ehelichen? Was dann, frage ich sie?«

»Aber nein! Nun malen sie doch nicht den Teufel an die Wand!«, wehrte Phillip Fork energisch ab. »Madame Bechameré wird entzückt sein und wird sehr bald eine positive Nachricht senden. Abgesehen davon, meine Liebe..., ist es nicht unüblich diese Art von Arrangements zu treffen. Ich versichere ihnen, dass es eine sehr häufig angewandte Praxis ist. Sehen sie es als ein Geschäft, das beiden Parteien dienlich ist.«

»Wie können sie so leichtfertig reden?«, nun schien Madame ernsthaft erbost. »Sie stecken doch nicht in meinen Schuhen. Kann ich denn wissen, ob mir dieser Armond oder wie immer sein Name sein mag, zur Nase steht? Wie würden sie sich fühlen, wenn man sie mit einem dickbäuchigen Scheusal verheiraten wollte?«

»Aber wer sagt denn, dass er ein Scheusal ist?«

Madame schnaubte hörbar aus. Sie schnalzte einige Male tadelnd mit der Zunge. Dann erhob sie ihre erregte Stimme um eine weite Nuance und zeterte:

»Wer sagt, dass er keines ist? Ich werde ihn bestimmt nicht lieben! Sicherlich wird er mein Leben zu einer einzigen Qual machen! Er wird mich bedrängen! Er wird mich demütigen, wenn ich ihm nicht die Frau bin, die er sich gewünscht hat! Möglicherweise hat er seltsame Neigungen, warum sonst ist er bis dato ein Junggeselle?«

»Ihre Phantasie spielt ihnen üble Streiche«, beruhigte Mr. Fork aufs Neue. »Sicherlich ist er ein sehr galanter Herr. Ich weiß nur, dass er ein Mediziner mit ausgezeichnetem Ruf ist. Er wird ihnen ein angenehmes Leben ermöglichen.«

»Ich will keinen Mann mit schlechten Zähnen oder Glatze. Ich will lieber ein Dasein hinter diesen vier Wänden fristen, bevor ich diesen Kompromiss eingehe. Ich brauche keine Oper und auch kein Theater, um glücklich zu sein!«

»Aber..., sie brauchen Geld und das haben sie nicht! Ohne eine finanzielle Sicherheit werden sie auch hinter diesen Mauern nicht glücklich werden.«

Theatralisch schluchzte Yvette wieder auf.

»Sie zeichnen ein schauderhaftes Bild, von einem Mann, den wir nicht kennen. Kein Mensch hat je behauptet, er sei nicht ansehlich oder aber abnorm in seinem Benehmen«, hielt Fork ihr, dezent tadelnd, vor Augen.

Ein wohliger Schauder durchfuhr Molly. Ein Gefühl äußerster Zufriedenheit wurde durch Yvettes Leiden in dem Dienstmädchen ausgelöst. Sie ergötzte sich an der Tränenflut, die Madame für einige Minuten sprachlos machte.

»Nun nehmen sie sich zusammen!«, flehte Mr. Fork beinahe. »Yvette..., ich bitte sie! Sie brechen mir das Herz!«

Mit einem Male wurde es unheimlich ruhig. Molly blickte zur Türe, getrieben von der Angst, dass man ihr Tun entdeckt haben könnte, doch niemand war zu sehen. Dann gellte ein hysterisches Lachen durch das Teezimmer. Erschrocken fuhr Molly von der Wand zurück.

»Ha...! Ich breche ihnen das Herz!«, schrie Madame bar jeder Beherrschung. »Ich breche ihnen das Herz?

Monsieur..., ich glaube sie verkennen die Lage! Sie sind es, der mir das Herz zu brechen droht. Sie mit ihren Aufwartungen! Sie mit ihren eindeutigen Komplimenten! Sie biedern sich ja geradezu an!«

Mr. Fork stotterte etwas unverständliches, bevor Madame Yvette fauchend wie eine Wildkatze fortfuhr:

»Ich habe mich nicht in ihr Leben gedrängt! Ich war es nicht, die von blühenden Wiesen und Wäldern, von glitzernden Seen und der Schönheit der Natur, die nur durch die meine übertroffen werde, gesprochen hat! Ich habe keine falschen Hoffnungen in ihrem Herzen geweckt!«

»Madame! Ich bitte doch sehr! Sie kompromitieren mich aufs äußerste!«

»Nein, mein Lieber, das haben sie schon selbst getan!«

Erneut herrschte ein bedrückendes Schweigen.

»Ich habe also keine andere Wahl, als Armond Bechameré zu meinem rechtmäßigen Gatten zu nehmen?«, fragte Madame plötzlich seelenruhig, als hätte sie nicht gerade vorher vergessen an sich zu halten.

»Ich fürchte nein«, gab Phillip Fork in ähnlich gelassenem Ton zu bedenken.

»So möge es denn sein«, antwortete Madame nachgebend, mit aufgesetztem Stolz in der Stimme.

Sie entfernte sich von Mr. Fork. Ihre Schritte waren deutlich zu vernehmen und verrieten Molly, dass sie am großen Flügelfenster stehen musste. Ihre Stimme war mit einem Male dünn, aber fordernder als zuvor.

»Komm!«, befahl sie dem Rechtsbeistand, ohne eine Widerrede zuzulassen. »Komm und halt mich in deinen Armen. Ich werde tun, was du von mir verlangst, aber nicht ohne mir vorher das zu nehmen, was mir zusteht.«

# Früh am Morgen in Rouen, ...

... nahm der Schneider, den Pierre auf sein Zimmer bestellt hatte, akribisch Maß. Mehrere Stoffbahnen lagen auf dem Tisch verteilt. Pierre stand auf einem Podest und der Schneider wuselte geschäftig um ihn herum. Ein Lehrjunge reichte dem Meister auf wortlose Zeichen Maßband, Stift und Bogen. Nach zwei Stunden waren die Stoffe für mehrere Anzüge ausgesucht und die Maße genommen. Der Schneider verabschiedete sich mit einer unterwürfigen Verbeugung. Er versprach die erste Anprobe innerhalb der nächsten zwei Tage.

Zufrieden entließ Pierre den Kleidermacher. Er bestellte sich das Frühstück auf sein Zimmer und genoss es in aller Ruhe mit der beiliegenden Tageszeitung. Seit seiner Flucht aus Paris hatte er weder etwas darüber gehört, noch gelesen, dass die Pariser Gendarmerie nach ihm fahnden würde. Man vermutete vielleicht, dass er bei seiner waghalsigen Flucht ums Leben gekommen war. Oder aber, man ließ einen verhältnismäßig kleinen Ganoven, wie er einer war, eben laufen. Es gab in dieser verrückten Stadt wichtigere Verbrechen zu besiegen. Somit hätte er sich im Bellevue eigentlich wie im Schoße einer Mutter fühlen können, dennoch wurde er von Tag zu Tag nervöser. Er sollte sich allmählich überlegen wohin er wollte.

Gedankenverloren kaute er auf einem Brioche herum, spülte einen Schluck Milchkaffee nach und legte schließlich die Zeitung, beinahe ungelesen, zur Seite. Sein Blick schweifte durch das Zimmer. Egal wie er es drehte und

wendete, er musste Rouen bald verlassen. Seine Dieb-
stähle waren zwar erfolgreich und unentdeckt geblieben,
doch er musste damit rechnen, irgendwann einen Fehler
zu machen. Die erbeutete Summe würde ihm noch lange
ein angenehmes Leben ermöglichen, beruhigte er sich.
Also gut, handelte er mit sich selbst, noch solange, bis die
Anzüge fertig sind, dann reise ich ab. Das war bestenfalls
noch eine Woche, vielleicht zwei, jedoch nicht länger.

Von einer plötzlichen Unruhe angetrieben, stand er
auf, wanderte durch das Zimmer und versuchte sich
vorzustellen, wo in Frankreich er sich niederlassen solle.
Sicherlich war es zu spät ein ehrliches Leben anzufangen.
Wenn man einmal Blut geleckt hat und in Saus und
Braus gelebt hat, dann lässt es sich schwer einen Schritt
nach rückwärts machen, hielt er sich vor Augen. Nach
geraumer Zeit schoss ihm erneut ein Gedanke durch
den Kopf. Warum denn in Frankreich bleiben? Wozu
eigentlich? Hier gab es weder Familie, noch Verwandt-
schaft und der beste Freund war bereits verblichen. Also,
überlegte er, warum nicht nach... Er ließ seinen Blick
erneut durchs Zimmer wandern. Als er den Brief auf
dem Nachttisch liegen sah, rief er laut aus:

»Ja, warum nicht nach Amerika?«

Mit einem Satz war er bei dem Nachttisch, schnappte
sich den Brief und las ihn erneut. Ein kühner Gedanke
war ihm gekommen. Kühn, aber äußerst interessant.
Niemand außer ihm und einer gewissen Madame Dupré wusste von dem Schreiben. Es war niemals am Be-
stimmungsort angelangt. Also...? Also, warum nicht
im Namen von Armond Bechameré antworten? Warum nicht in die Schuhe des ehrenwerten Mediziners

schlüpfen und ein neues Leben beginnen? Aber war das so einfach?

Genau bedacht war es vermutlich die einzige lukrativ scheinende Möglichkeit. In Gedanken verloren griff er nach seinem Hut, zog ihn sich über den Kopf und verließ das Zimmer. Er gab dem Concierge den Schlüssel, ließ sich eine Kutsche rufen und stand, auf seine Beförderungsmöglichkeit wartend, neben dem livrierten Hausdiener. Von hinten traten zwei fettleibige Damen auf ihn zu. Er nickte freundlich und hob seinen Hut zum Gruße. Die ältere der beiden sprach ihn an:

»Monsieur, erlauben sie..., haben sie sich gerade eine Kutsche bestellt?«

Pierre bejahte und ohne Verzögerung bat die Dame:

»Würde es ihnen Umstände machen, uns ein Stück mitfahren zu lassen?«

Sie blickte ihm direkt in die Augen und obwohl er es vorzog alleine zu fahren, wagte er nicht ihr den Wunsch abzuschlagen.

»Durchaus nicht, Mesdames. Es wäre mir eine Ehre.«

Just in diesem Moment hielt ein Cabriolet mit vier Sitzplätzen vor ihnen. Der Hausdiener trat nach vorne, öffnete die Türe und klappte das Trittbrett nach unten. Galant half Pierre den beiden Damen in den Wagen und setzte sich schließlich freundlich lächelnd ihnen gegenüber. Mit einem Ruck fuhr der Wagen an. Erst schwieg man, dann begann wieder die ältere der beiden ein belangloses Gespräch über das Wetter und die herrliche Stadt, die sie besuchten, um eine lange nicht gesehene Verwandte zu besuchen, die in der Rue Chantelle wohne und ob es ein Umstand wäre, sie dort abzusetzen. Es wäre ihm ein Vergnügen, antwortete Pierre und gab dem Kutscher eine knappe Anweisung. Dann senkten sich die Blicke der Damen und Pierre genoss die Ruhe. Er ließ die Häuserzeilen an sich vorüberziehen und sinnierte erneut über seinen kühnen Einfall. Plötzlich, als sie schon beinahe in die Rue Chantelle eingebogen waren, stöhnte die jüngere Frau auf.

»Ooohhh!«

»Was ist dir?«, fragte die andere besorgt und wandte sich ihr zu.

Die Junge hielt sich eine behandschuhte Hand über das Auge und klagte:

»Es ist mir etwas in das Auge geflogen. Eine Fliege oder Mücke. Gott, wie das brennt!«

»Kutscher! Anhalten!«, befahl Pierre forsch.

Kaum kam der Wagen zum Stehen, beugte er sich nach vorne.

»Sie erlauben, Madame«, sagte er und erfasste vorsichtig ihr Handgelenk.

Er zog ihre Hand sanft vom Auge weg und orderte in väterlichem Ton:

»Schauen sie ganz nach oben, Madame.«

Sie tat wie ihr befohlen. Ein Sturzbach an Tränen ergoss sich über ihre Wange. Pierre beugte sich noch weiter nach vorne, ging vor ihr auf die Knie und nahm ihr Gesicht fachmännisch in seine Hände. Er drehte ihren Kopf ein wenig hin und her und murmelte unverständliches. Dann zog er ein Taschentuch aus seiner Jackentasche, zwirbelte ein Ende zu einer kleinen Spitze und entfernte, ohne auch nur zu zögern, eine Mücke.

»Voilà, Madame! Hier ist der Übeltäter!«, rief er trium-
phierend aus und hielt der jungen Frau, die blinzelnd vor
ihm saß, die Spitze des Taschentuches entgegen, auf der
sich ein schwarzer, undefinierbarer Fleck befand.

»Oh..., vielen Dank. Das war sehr gekonnt von ihnen.«

»Es war mir eine Freude ihnen helfen zu dürfen.«

»Sie sind sicherlich ein Arzt, Monsieur..., nicht wahr.«

»Gewiss..., ja… ich bin Arzt«, log er und dachte sofort
an den Brief aus Amerika.

Welch Wink des Schicksals! Konnte diese spontane
Eingebung ein Zufall sein? Oder lag in dieser Begegnung
die Entscheidung, die er zu treffen hatte?

Der Kutscher hielt vor der Hausnummer 18. Pierre öffnete den Damen die Türe und half ihnen wieder aus dem
Gefährt. Man wechselte noch einige belanglose Worte
und verabschiedete sich. Kaum war die Kutsche wieder
angefahren, rief die ältere Dame aufgebracht:

»Halten sie an Kutscher! So halten sie doch!«

Der Kutscher zügelte die Pferde und das Cabriolet
kam ruckend zum Stehen. Händeringend lief Madame
schwerfällig hinter der Kutsche her.

»Pardon, Monsieur..., pardon..., aber meine Börse! Ich
scheine sie im Wagen liegengelassen zu haben.«

Pierre erhob sich und suchte die Sitze nach der ver-
meindlich verlorenen Börse ab. Er schüttelte den Kopf
und beteuerte, dass er nichts finden konnte. Ungläubig
stieg die alte Dame wieder in die Kutsche ein, um sich
selbst davon zu überzeugen.

»Na so was!«, rief sie pikiert aus. »Ich werde sie im
Hotel liegengelassen haben. Man wird alt, Monsieur.
Ich hätte schwören können...«

»Kann ich ihnen irgendwie aushelfen, Madame?«

»Das ist ganz reizend von ihnen, mein Herr. Aber danke nein. Meine Nichte hat, Gott sei's gedankt, genügend Geld bei sich. Ich stehe in ihrer Schuld. Wir haben ihnen nichts als Mühe gemacht, Monsieur... Ich hätte schwören können, dass ich meine Börse eingesteckt habe.«

»Ich bitte sie..., immer zu ihren Diensten«, wehrte Pierre ab und fügte an: »Sie werden ihre Börse sicherlich im Hotel wiederfinden.«

Damit stieg die Dame, durch Pierres Hand gestützt, wieder aus der Kutsche, bedankte sich abermals und verschwand. Der Kutscher hieb seine Peitsche mit einem leisen Zischen auf die Kruppen der Pferde nieder und fuhr den Wagen sanft an. Pierre schnaufte erleichtert auf. Er befühlte den Lederbeutel, den er sich in den Hosenbund gestopft hatte. Ein Meistergriff! Elegant und effektiv, lobte er sich in Gedanken selbst. Zufrieden lehnte er sich zurück. Für heute hatte er genug gearbeitet. Jetzt ging es nur noch um das Vergnügen, sagte er sich und ließ sich nach einiger Zeit in einer Straße absetzen, in der sich mehrere Restaurants und Kneipen befanden.

# New York ...

... litt seit Tagen unter einer Schwüle, an die sich seit Jahren niemand erinnern konnte. Molly litt ebenfalls. Weniger unter der Hitze, denn unter Madames Launen, die so unberechenbar waren, wie die allabendlich aufziehenden Gewitter. Bald verlangte sie nach diesem, bald nach jenem und gönnte ihrer Bediensteten kaum eine Minute Rast. Innerlich von einem Groll erfüllt, der beinahe nicht zügelbar war, erfüllte Molly die absonderlichsten Wünsche, ohne auch nur ein Murren von sich zu geben. Doch jedes Mal, wenn sie Madames Stimme vernahm, krampfte sich ihr Magen zusammen. Wut kochte in ihr auf. Und dennoch beherrschte sie ihre Gefühlswallungen. Versteckte sie hinter der Fassade der ergebenen Dienerin. Einer unterwürfigen Zofe, deren Leben alleine durch Madame bestimmt wird. Treu und zuverlässig. Stets aufmerksam und angepasst. Schlichtweg das Ideal einer Angestellten. Und darum Madames beliebteste Zielscheibe.

Phillip Fork ging seit Tagen völlig ungeniert ein und aus. Molly fing an ihn dafür zu hassen. Die Liebschaft zwischen den Beiden blieb ihr nicht verborgen. Abgesehen davon, gab sich weder Madame, noch Mr. Fork Mühe, die schändliche Affäre diskret zu verbergen. Mit Schaudern dachte Molly an Forks Familie. An seine Frau, die sich vermutlich geliebt und beschützt fühlte, in Wirklichkeit aber auf übelste Weise verraten wurde. An seine Kinder, denen er die Gesellschaft einer vermeintlichen Klientin vorzog. Was für eine Welt war das, in der sie leben musste, fragte sich Molly. Warum war man umgeben von so viel Lug und Trug? Warum nur? Kann das gottgewollt sein? Sind das die Prüfungen, die uns auferlegt werden? Sie fand keine Antwort auf ihre Frage. Doch mit jedem neuen Tag, den sie in diesem Haus lebte, zweifelte sie mehr und mehr an ihrer eigenen Zukunft. Womöglich, fragte sie sich immer wieder, war es der größte Fehler meines Lebens, Sam MacIntosh eine Abfuhr erteilt zu haben. Ich könnte heiraten. Ich könnte einen ehrlichen Mann finden. Ich könnte eine neue Stelle antreten. Ich könnte glücklicher sein. Ich könnte von hier weggehen. Nein, ich kann mich nicht verkaufen! Nicht um diesen Preis! Ich kann mich nicht einsperren lassen! Ich kann nicht der Besitz eines Mannes werden, den ich nicht aufrichtig liebe! Aber was bin ich jetzt, wenn nicht eine Leibeigene?

Stunden um Stunden kauerte Molly des nächtens in ihrem Bett und betrachtete die Spieluhr. Stunden um Stunden gedachte sie ihrer Gönnerin, die es gut mit ihr gemeint hatte, sie aber unwissentlich in die größte Krise ihres Lebens gestürzt hatte. Wäre ich dumm und ungebildet geblieben, dann wäre ich jetzt zufrieden mit meiner Situation. So aber weiß ich, dass es mehr vom Leben zu erwarten gibt, sagte sie sich immer und immer wieder mit Bedauern.

Die Tage vergingen und wie ein Esel, der seit Jahren am Mühlrad dreht, erledigte Molly ihre Pflichten. Sie bürstete Madames Haare, half ihr beim Ankleiden, erledigte die Einkäufe und putzte das Haus. Alles in einem Zustand, der einem Wachkoma glich. Ohne die geringste Emotion zu zeigen, ließ sie die Gemeinheiten, die

Madame ihr an den Kopf warf, an sich abprallen. Bald schon kam sie an einen Punkt, an dem sie funktionierte wie ein Automat. Doch tief im Inneren erinnerte sie sich jedes einzelnen gesagten Wortes, mit dem Madame versuchte sie zu beleidigen.

Doch eines Tages wurde dieser Zustand durchbrochen. Molly nahm gerade die Post entgegen, als ihr sofort ein Brief auffiel, der einen französischen Poststempel trug. Der Absender lautete Armond Bechameré. Augenblicklich wusste Molly, dass das die langersehnte Post war, auf die Madame wartete. Dieser Brief sollte also über Madames Schicksal entscheiden. Mit zittrigen Händen lief Molly mitsamt der Post, in ihre Dachkammer hinauf. Madame war mit Mr. Fork zusammen ausgefahren und würde nicht vor dem Nachmittagstee zurück sein. Sie hatte nichts zu befürchten. Sie setzte sich auf den Rand ihres Bettes und betrachtete das Kuvert von allen Seiten. Was konnte nur darin stehen? Sie musste den Inhalt lesen. Sie musste wissen, was Monsieur Bechameré Madame de Castanac vorschlug. Getrieben von einer Neugierde, die zu unterdrücken sie nicht mehr im Stande war, tat sie etwas so niederträchtiges, das sie sich nie in ihrem Leben hätte vorstellen können. Sie brach vorsichtig das Siegel. Sie schluckte hart, bevor sie den Bogen entnahm. Ihre Hände zitterten und Schweiß brach auf ihrer Stirn aus.

Zuerst fiel ihr die aufrechte Handschrift des Herrn ins Auge. Die Buchstaben neigten sich kaum merklich zur rechten Seite und waren großzügig geschwungen. Das Papier war von bester Qualität und trug die Aufschrift eines Grand Hotels in Rouen. Ein reicher Herr, folgerte

Molly, der meist in Hotels zu wohnen pflegt. Nicht ein einziger Tintenfleck verunstaltete das Schreiben. Er musste sich also große Mühe gegeben haben. Zweifelsohne wollte Monsieur Eindruck schinden. Sie legte den Bogen auf ihre Knie und begann zu lesen.

*Hochverehrte, geschätzte Madame Dupré,*

*Ihr Brief erreichte meine wertgeschätzte Frau Mamon zu einem Zeitpunkt, zu dem sie schon nicht mehr im Besitz ihrer vollen geistigen Kräfte war. Bedauerlicherweise verstarb sie im letzten Monat an einem Gehirnschlag. Ihre Gesundheit war seit Monaten nicht mehr die beste gewesen. Dennoch habe ich ihr die Zeilen Ihres Briefes vorgelesen. Und denken Sie nur, in diesem Augenblick hatte sie einen lichten Moment und sprach, sehr zu unser aller Erstaunen, mehrere Male Ihren werten Namen laut aus. Ich deute das als einen letzten Gruß an Sie und bin aus tiefstem Herzen dankbar, dass ihr diese Freude, von Ihnen gehört zu haben, zuteil werden durfte. Ich beantworte aus diesem Grunde die Post, die an meine Frau Mutter gerichtet wurde.*

*Zur Beantwortung Ihres Briefes möchte ich vorwegschicken, dass Sie weder meine Mutter, noch mich mit Ihrem Vorschlag kompromittieren. Ganz im Gegenteil, bin ich dankbar, für Ihre Fürsorge, bin doch auch ich sehr mit Ihnen, durch die gemeinsame Zeit in Paris, verbunden. Gerne denke ich an die vielen unbeschwerten Stunden zurück und bedauere zutiefst, dass uns ein Meer trennt. Aber noch mehr dauert es mich, dass ich meiner Mutter den Wunsch nach einer Schwiegertochter und Enkelkindern zu Lebzeiten*

*nicht erfüllen konnte. Umsomehr drängt es mich, eine Frau
zu finden, mit der ich eine Familie gründen kann.*

*Mit dem Tod meiner Mutter lösen sich für mich alle fami-
liären Bande in Paris auf. Da ich sehr viel auf Kongressen
bin, führe ich momentan ein unstetes Leben, gedenke aber,
mich bald fest niederzulassen. Amerika ist mir wohlbe-
kannt. Viele Male habe ich schon in diesem herrlichen
Land über die Medizin referiert. Es ist denkbar, dass ich
in den nächsten Monaten wieder übersetzen werde. Wenn
es bis dahin noch ihrem Wunsche entspricht, werde ich mich
gerne bei Ihnen melden.*

*Erlauben Sie mir, hochachtungsvoll und stets zu Ihren
Diensten zu verbleiben.*

*Ihr getreuer,*


*Armond Bechameré*


*PS: Derzeit weile ich im Grand Hotel Bellevue in Rouen.
Die Direktion sendet jede Post an mich weiter, für den Fall,
dass ich geschäftlich zu verreisen habe.*


Molly las den Brief mehrere Male hintereinander. Dann
faltete sie ihn und schob ihn in das Kuvert zurück. Sie
nahm die Post und trug sie hinunter in Madames Lesezimmer. Ordentlich legte sie die Briefe auf den Sekretär
und beschwerte sie mit einem dafür vorgesehenen Achat.
Hier, als unterstes lag Madames Zukunft, die von dem
guten Willen eines Fremden abhing. Seltsam, dachte sie,
in gewisser Weise teilen wir das gleiche Schicksal. Ohne

die Hilfe eines Mannes sind wir beide für die Gesellschaft verloren. Nur, und das beruhigte sie sehr, bin ich bisher ganz gut ohne fremde Hilfe zurechtgekommen. Stolzerhobenen Hauptes ging sie in die Küche zurück und verrichtete die alltägliche Arbeit.

Als Madame am Nachmittag nach Hause kam, fand sie den erwarteten Brief geöffnet vor. Phillip Fork stand neben ihr, als sie nach Molly läutete.

»Was hat das zu bedeuten?«, fragte sie streng und hielt Molly den geöffneten Brief dicht unter die Nase.

»Wie meinen, Madame?«, verstellte sich Molly.

»Das Siegel! Schau doch! Es ist gebrochen! Und ich frage mich, wer dafür verantwortlich ist!«

Madames Stimme überschlug sich beinahe vor Ärger. Mr. Forks Hand berührte sanft Madames Unterarm. Beruhigend sprach er auf sie ein.

»So beruhigen sie sich doch! Molly erkläre dich!«

»Es tut mir sehr leid Mr. Fork, aber ich kann ihnen nicht erklären, warum dieser Brief geöffnet geliefert wurde. Ich habe das Siegel bestimmt nicht berührt.«

»Dann hast du sicherlich auch diese Zeilen nie gelesen, nicht wahr?«, rief Madame spöttisch aus, nahm das Schreiben aus dem Kuvert und hielt es ihr entgegen.

Molly blickte erstaunt auf die Zeilen und zuckte in naiver Manier mit den Schultern.

»Nein, Madame..., ich verstehe ehrlich gesagt nicht, was sie von mir wollen.«

»Achte auf dein freches Mundwerk, du...«

»Es ist in Französisch verfasst«, bemerkte Mr. Fork.

Die Tatsache war Madame offenbar in der Aufregung der Anschuldigung entgangen. Sie starrte auf die Zeilen, die sie so selbstverständlich zu lesen fähig war. Beruhigt blickte sie sich nach Mr. Fork um, der ihr über die Schulter schielte.

»Sicherlich ein Versehen der Post«, beschwichtigte Fork erneut.

»Du kannst gehen!«, orderte sie Molly, ohne sich für ihren Ausbruch zu entschuldigen.

Molly drehte sich um. Ihr Puls ging rasend schnell und ihr Gesicht brannte unter der Hitze, die sich vom Kinn bis zum Scheitel ausgebreitet hatte. Doch kaum hatte sie die Türe hinter sich geschlossen, fühlte sie einen Triumph, der sie in eine augenblickliche Hochstimmung versetzte. Sie lauschte noch eine Weile an der Türe und hörte die aufgeregte Stimme von Madame.

»Ich kann ihm nicht antworten!«, flehte sie.

»Keine Sorge, ich kümmere mich darum. Wir müssen geschickt vorgehen, meine Liebe. Wir dürfen die Kuh nicht schlachten, bevor wir sie gemolken haben«, hörte sie Phillip Fork antworten.

# Rouen verschwand hinter den Bäumen, ...

... nachdem die Kutsche schon einige Zeit gefahren war. Pierre blickte nicht zurück. Es gab keinen Grund. Seine Taschen waren gefüllt, seine Anzüge von Meisterhand gefertigt. Das Pflaster unter seinen Füßen war ihm von Tag zu Tag heißer geworden. Obwohl es keinen offensichtlichen Grund dafür gab, entwickelte er einen regelrechten Verfolgungswahn und sah in jedem Fremden einen Gendarmen, der ihm nach dem Leben trachtete.

Der Weg war uneben. Die Kutsche und ihre Insassen schaukelten von einer Seite zur anderen. Angewidert von dem verschwitzen Körper seines Nachbarn, der mit jeder Bodenwelle gegen ihn stieß, hatte sich Pierre ganz in die Ecke des Gefährts gezwängt. Gedankenverloren blickte er aus dem Fenster. Die Lieblichkeit der vorbeiziehenden Landschaft blieb ihm dabei allerdings verborgen. Die Flut an Gedanken, die sich nicht ordnen ließ, blockierte seine Sinne. Ob Madame Dupré meinen Brief schon erhalten hat, fragte er sich immer wieder. Wenn ja, wie würde sie darauf reagieren? Wäre es sicher genug, den Platz eines Fremden einzunehmen, ohne vorher zu wissen, ob dieser zumindest eine gewisse Ähnlichkeit mit ihm hatte? Diese Idee, in die Rolle des Armond Bechameré zu schlüpfen, wurde allmählich zur Obsession. Pierre malte sich aus, wie er die junge Verwandte von Madame Dupré um ihr Erbe prellen konnte. Wie er schnell, ohne viel Aufwand, an ein Vermögen kommen konnte. Es bedurfte nur einer Portion Charme und Selbstsicherheit und schon, so glaubte er, würde er Madame um den Finger gewickelt haben. Noch bevor es zur Hochzeit kam, wäre er mit gefüllten Taschen über alle Berge verschwunden. Amerika ist ein großes Land. Schwer, jemanden der nicht gefunden werden will, zu finden. Außerdem stünden ihm viele Möglichkeiten offen. Mexiko zum Beispiel, sagte er sich, solle von großem Reiz sein. Er schloss seine Augen und gab sich ganz dem Wiegen der Kutsche hin, welches von Minute zu Minute sanfter wurde, bis er schließlich eingeschlafen war.

Das Hotel auf dem Mont-Saint-Michel nannte sich zwar Grand Hotel, konnte aber nicht mit dem Luxus des Bellevues in Rouen standhalten. Pierre war es egal. Er sah weder das Mobiliar, noch den Blick über das Meer, den er von seinem Fenster aus hatte. Seine Gedanken drehten sich nach wie vor im Kreise. Abgesehen davon, dass er sich auf dieser Festung, die wie eine Insel mitten aus dem Meer ragte, sicherer fühlte als in Rouen, hatte sich nichts an seinem Gemütszustand geändert. Er hatte sofort eine Nachricht mit der letzten Postkutsche nach Rouen gesandt, um mitteilen zu lassen, dass ein gewisser Armond Bechameré, der vor einiger Zeit Gast im Hause gewesen war, Post erwarte, die man unverzüglich nach Mont-Saint-Michel weiterleiten solle. Für den Fall, dass Madame Dupré sich meldete, wäre es sicher, dass die Nachricht ihn erreiche. Er packte seine Sachen aus und verließ das Hotel für einen kurzen Spaziergang, rund um die Insel. Der Direktor persönlich hatte ihn gewarnt, die Flut nicht zu übersehen. Der einzige Weg, der die Insel mit dem Festland verband, wurde bei Flut komplett überspült und machte jede Passage unmöglich. Dem guten Ratschlag folgend, begab sich Pierre frühzeitig in sein Zimmer zurück, um gegen Abend von der Langeweile getrieben, nach dem Diner noch auszugehen. Er fand eine Kneipe, die von Einheimischen besucht war und mischte sich unters Volk. Die Leute schienen freundlich zu sein und nahmen ihn in der Runde auf. Er trank zuviel. Er spendierte mehrere Runden, von dem Geld, das er zuvor geschickt den Männern aus den Taschen gezogen hatte. Dann torkelte er gegen Mitternacht zurück in sein Quartier und schlief bis zum nächsten Morgen wie ein Stein.

Die Wochen vergingen, ohne dass er eine Antwort erhielt. Seiner Illusionen beraubt, konzentrierte sich Pierre auf die Touristenströme, die tagein, tagaus auf die Insel kamen, um sich die Festung und die Abtei anzusehen. Er ergaunerte sich stattliche Summen, die er zumeist in der Kneipe verprasste. Außerdem hatte er angefangen, um die Länge der Tage zu verkürzen, sich der Literatur zu widmen. Ein stiller, unscheinbarer Kerl aus Paris, der als Verwalter der Abteibibliothek arbeitete, hatte ihn einmal mit hinauf in die geheiligten Hallen genommen, um ihm die lagernden Schätze zu zeigen. Beeindruckt von der Vielfalt an Literatur, die sich in den dicken Gewölbemauern befanden, bat Pierre ihn um eine Leihgabe. Und obwohl es dem Verwalter strengstens untersagt war, sorgte er dafür, dass Pierre von jetzt an alles lesen konnte, wonach ihn verlangte. Wie in Trance vergrub er sich für Stunden in den Aufzeichnungen und Schriftstücken, die ihm der neugewonnene Verbündete zukommen ließ. Lesen wurde nicht nur zur Zerstreuung, vielmehr zur

Sucht, die nur durch immer neue Lektüre befriedigt werden konnte. Pierre entdeckte eine Seite an sich, die er bislang nicht gekannt hatte. Er war den großen Dichtern zugetan. Er verneigte sich innerlich vor den berühmten Schriftstellern, die mit Worten jonglieren konnten, die in seinem bescheidenen Wortschatz nicht einmal existierten. Er hätte sein Leben gut und gerne so weiterführen mögen, wäre nicht eines Tages, als er es am wenigsten erwartete, ein Brief für ihn im Hotel abgegeben worden. Der Poststempel verriet ihm sofort, um was es sich bei diesem Schreiben handelte. Mit fahrigen Fingern brach er das Siegel, riss unwirsch an der Lasche des Kuverts und entnahm das Schreiben. Ohne die Worte zu lesen, die da geschrieben standen, starrte er auf die Handschrift, die ihm keineswegs bekannt war. Sie hatte nichts gemein mit Madame Duprés Schriftbild. Diese war klar und ruhig, ohne Schnörkel und Verzierungen. Die Hand einer jungen Frau. Gespannt setzte sich Pierre auf einen gepolsterten Sessel, legte seine Füße auf einen Schemel, atmete einige Male tief durch und begann zu lesen.

*Geschätzter Monsieur Bechameré,*

*ich bedauere außerordentlich, vom Dahinscheiden Ihrer werten Frau Mutter zu hören. Leider ist mir die Freude, sie persönlich kennenlernen zu dürfen, verwehrt geblieben. Dennoch trage ich ihr Andenken in meinem Herzen, ob der vielen Anekdoten, die mir meine Verwandte, Madame Dupré erzählt hat. Meine Tante, Sophie-Luise Dupré, hat uns leider auch vor einiger Zeit verlassen. Ihr Gesundheits-*

*zustand war schon seit langem besorgniserregend gewesen.*
*Nun ist sie erlöst von ihrem Leiden und möge für immer*
*in Frieden ruhen.*

*Sie sehen, wir teilen ein gemeinsames Schicksal. Beide*
*von der Familie zu früh verlassen worden und ganz auf*
*uns alleine gestellt.*

*Sie mögen mir verzeihen, Monsieur, dass ich mich erdrei-*
*stet habe, die Post, die an meine Verwandte gerichtet war,*
*zu öffnen. Ich habe als Erbin ihren Haushalt übernommen*
*und in dieser Funktion fungiert. Ich bin Ihnen diese Zeilen*
*schuldig, auch wenn ich Sie und auch mich dadurch in eine*
*sehr umständliche Situation bringen werden. Doch lassen*
*Sie mich offen schreiben, schließlich sind wir erwachsene*
*Menschen, die sich mit Kindereien nicht mehr abgeben*
*müssen.*

*Der Vorschlag, den meine Verwandte Madame Dupré an*
*Ihre wertgeschätzte Frau Mutter gerichtet hat, findet meine*
*Zustimmung. Ich kenne Sie nicht, doch wurde mir von*
*meiner Verwandten versichert, dass Sie ein rechtschaffener*
*Herr sind. Es liegt mir fern, mich wie Ware darzubieten,*
*doch wissen Sie wohl, welch hartes Los mich mit der frü-*
*hen Witwenschaft ereilt hat. Ohne einen Ehegatten wird es*
*für mich sehr schwer werden, wieder Fuß zu fassen. Mein*
*Einkommen beschränkt sich auf eine Summe, die mir Ma-*
*dame hinterlassen hat. Doch kann ich von Glück sagen,*
*dass sie mir großzügig ihre gesamten Immobilien vermacht*
*hat, die sich in ausgezeichnetem Zustand befinden. Dazu*
*zählt nicht nur das Haus in New York, sondern ferner ein*
*Chalet in den Bergen, nahe Vermont.*

*Könnten Sie sich also mit der Vorstellung anfreunden,*
*mich persönlich kennenlernen zu wollen, dann würde ich*

*mich sehr über einen Besuch freuen. Falls mein Vorschlag keine Zustimmung findet, bitte ich Sie um eine ehrliche Absage.*

*Ich bitte um Ihre Diskretion in dieser Sache und sichere Ihnen selbstverständlich die meine zu.*

*Mit geschätzter Hochachtung,*

*Madame Yvette de Castanac*


Pierre schmunzelte spitzbübisch. Eine Frau, die sich einem Unbekannten vor die Füße warf, nur um wieder am öffentlichen Leben teilhaben zu können. Sie musste reich sein, ansonsten konnte es von keinerlei Bedeutung für sie sein, ob sie die Oper oder Gesellschaften besuchen konnte oder zu Hause in ihren vier Wänden gefangen war. Er las den Brief mehrere Male hintereinander. Hier war sie! Hier war seine Chance auf ein neues Leben. Ein Leben als Edelmann. Als geachteter Mediziner, in einem Land, in dem ihn niemand kannte. Ein Land, in dem er die Möglichkeit hatte, noch einmal ganz von vorne anzufangen. Ganz von vorne, sagte er sich immer und immer wieder. Dann lehnte er sich zurück, schloss die Augen, den Brief noch in den Händen haltend und gab sich seinen Tagträumen hin.

# Wochen später in New York, ...

... War die Stimmung zwischen Madame de Castanac und Molly schlechter denn je. Madames Laune war mit einem Male sehr von Mr. Forks Aufmerksamkeit abhängig. Wenn er mehr als zwei Tage nicht erschien, war sie unerträglich. Mit Genugtuung beobachtete Molly, dass der Rechtsbeistand anscheinend erkannt hatte, auf welch gefährliche Affäre er sich eingelassen hatte. Vermutlich versuchte er, natürlich möglichst unauffällig, sich ein wenig aus Madames Kreis zu entfernen. Ärgerlich registrierte sie seinen Rückzug und scheute nicht davor zurück, Molly mit versiegelten Nachrichten, die ausschließlich an ihn persönlich adressiert waren, loszuschicken. Mehrere Male wurde Molly die Türe von Mr. Forks Ehefrau geöffnet. Mit gutmütiger Unwissenheit hatte sie Molly für die Zustellung gedankt und versprochen, die Nachricht an ihren Mann weiterzureichen, sobald er von seinen geschäftlichen Terminen zurück sei. Molly empfand Mitleid mit dieser Frau, die so treuergeben, nichtsahnend, mit einem Mann leben musste, dessen Loyalität abhandengekommen war. Sie hatte Mrs. Fork eingehend studiert. Die ersten Male hörte sie vor allem die lärmenden Kinder im Hintergrund, doch dann prägten sich allmählich die Züge der jungen Frau in ihr Gedächtnis ein. Molly fand ihre Pausbacken sympathisch. Ihr waren die Rundungen um die Hüften aufgefallen und der Bauch, der sich, entweder in froher Erwartung oder aber aufgrund bisheriger Geburten, sichtbar unter ihrem Kleid hervorwölbte. Die Hände der Rechtsanwaltsfrau waren von eleganter Hellhäutigkeit. Schlank, mit gepflegten Nägeln, die sie sicherlich in regelmäßigen Abständen mit einem Lederkissen auf Hochglanz polierte. Doch am beeindruckendsten waren die hellen, wasserblauen Augen, die aussahen, als würden sei stets lächeln. Von einem dichten Wimpernkranz umgeben, gaben sie der jungen Frau ein puppenähnliches Aussehen. Molly überlegte, wie alt sie wohl sein möge, konnte sich aber auf keine Zahl festlegen. Nach jeder Begegnung nagte eine Welle von Mitleid an Molly. Wie konnte dieser Kerl nur eine Frau wie diese betrügen? Die Mutter seiner Kinder! Sein Weib, dem er ewige Treue geschworen hatte! Bastard! Elender Bastard, ich verwünsche dich dafür, verfluchte Molly ihn in Gedanken. Dass sie selbst diesen Mann begehrte, schob sie weit zur Seite. Sie entschuldigte ihre gedankliche Sünde damit, dass sie ja niemals auch nur annähernd eine Chance gehabt hätte, diesen Mann für sich zu gewinnen. Waren Träume denn verwerflich? Nein, mitnichten! Denn was sonst, wenn nicht die Träumerei war es, dass ein Mädchen wie sie am Leben hielt? War es nicht schon Strafe genug zu wissen, dass das Leben einen auf die Schattenseite gestellt hatte? War es nicht eine Qual zu wissen, dass man in ihrer Position nicht nach dem Höheren, dem Besseren zu streben hatte? War es nicht eine Todsünde, sein Leben nicht so anzunehmen, wie Gott es für einen vorgesehen hatte? Und das tat sie schließlich. Sie hatte sich gefügt. All die Jahre hatte sie sich gefügt und nicht aufbegehrt, obwohl sie im Inneren ihres Herzens sehr wohl wusste, dass sie ein menschenwürdigeres Leben verdient hätte. Schroffen Schrittes marschierte sie zum Haus ihrer Herrin zurück. Kaum hatte sie die Türe geöffnet, bestürmte Madame sie ungeduldig.

»Hast du Mr. Fork die Nachricht überbracht?«

»Ja, Madame.«

»Und, was hat er gesagt? Herrgott, du dummes Geschöpf, lass dich doch nicht um jedes Wort bitten!«

Molly senkte den Kopf, starrte auf ihre Fußspitzen, um den Hass in ihrem Gesicht nicht sichtbar werden zu lassen.

»Mr. Fork war geschäftlich unterwegs. Seine Frau hat die Nachricht entgegengenommen und wird sie unverzüglich an ihn weiterleiten.«

»Seine Frau?«, fragte Madame ungläubig nach. »Du hast mit seiner Frau gesprochen?«

Molly nickte stumm.

»Sie hat dir selbst die Türe geöffnet?«, forderte Madame zu wissen und ihr Ton verriet einen gewissen Spott. »Na los, sprich schon und sieh mich gefälligst an, wenn ich dich etwas frage!«

Provokativ langsam hob Molly den Kopf und antwortete ein wenig schnippisch:

»Gewiss doch, sie hat mir die Türe geöffnet.«

»Ha!«, rief Yvette aus und warf den Kopf mit einer arroganten Bewegung weit in den Nacken. »Man kann sich wohl kein Personal leisten! Ja, das soll in den besten Familien vorkommen.«

Regungslos stand Molly vor ihr und wartete darauf, von ihr entlassen zu werden, um die anstehenden Arbeiten erledigen zu können. Aber Madame machte keine Anstalten. Anscheinend suchte sie eine Audienz, um ihrem Unmut freien Lauf lassen zu können.

»Ich verstehe dieses Land nicht«, wetterte sie laut-stark. »Wenn man jemanden braucht, muss man stän-dig bitten. Was ist das hier? Muss ich erst auf die Knie gehen, bevor man mich beachtet? Rückständig sind sie hier! Diese Amerikaner! Rückständig und primitiv, als wären sie erst kürzlich den Höhlen entflohen. Wo bleibt die Zivilisation? In einem Haufen von Ignoranten bin ich gelandet und hatte doch alles, wonach mein Herz begehrte, in einem Land, in dem Kultur kein Fremd-wort ist!«, schweifte sie lautstark vom eigentlichen Thema ab.

Madame tigerte im Raum hin und her. Ihre Hände fuchtelten dabei dramatisch in der Luft. Schließlich setzte sie sich in einen großen Ohrensessel. Mit einem Seufzer der Erschöpfung strich sie sich mit dem Hand-rücken über die Stirn. Einen Moment starrte sie mit gla-sigen Augen an die Decke, sodass Molly für den Bruch-teil einer Sekunde glaubte, sie habe einen Herzanfall erlitten und erschrocken nachfragte, ob sie sich nicht wohl fühle. Mit deutlich hörbar französischem Akzent, der sich immer dann verstärkt offenbarte, wenn Madame aufgeregt war, erwiderte sie zynisch:

»Ob ich mich nicht wohlfühle? Ob ich mich nicht wohlfühle? Du bist und bleibst ein dummes Ding, Molly! Mach deine Augen auf und sag mir selbst, ob ich mich wohl fühle oder nicht!«

Keineswegs verschüchtert, aber so spielend, antwortete Molly zaghaft:

»Ich nehme an, dass die Ereignisse der letzten Monate ein wenig zuviel für sie waren. Der Umzug in ein fremdes Land und der Tod ihrer geliebten Verwandten.«

»Pah!«, rief Madame laut aus und richtete sich kerzengerade auf. »Ich bin zu Tränen gerührt über so viel Verständnis und das von einem Hausmädchen, welches vom Leben nichts anderes weiß, als dass die Kohlen im Keller schwarz sind!«

Mollys Augen verengten sich zu bedrohlichen Schlitzen. Innerlich vor Wut schäumend, senkte sie ihren Kopf abermals, um nicht aufzufallen.

»Und meine liebe Verwandte..., was diese alte Fregatte betrifft..., so hätte sie mir ihr Erbe nicht mit solch Hochmut überlassen sollen. Denn wie in aller Welt soll ich ohne Bargeld dieses Haus verwalten? Was hat sie sich dabei nur gedacht? Aber wie man sieht, denken die Menschen in diesem Land relativ wenig, daher sollte ich mich auch nicht darüber verwundern.«

Das Andenken ihrer geliebten Hausherrin aus dem Munde dieser impertinenten Person beschmutzt zu wissen, stieß Molly einen empörten Ton aus. Erschrocken bedeckte sie ihren Mund mit der Hand. Dann trat sie schüchtern einen Schritt nach vorne. Schüchtern, nicht ob der Tatsache, dass sie sich vor Madame fürchtete, sondern ob der Gefühle die in ihr hochwallten. Sie befürchtete, wenn sie eine unbedachte Bewegung machen würde, würde sie diesem Biest, in Spitze und Seide gekleidet, den Hals umdrehen. Noch nie in ihrem Leben hatte sie solche Gefühle gehegt. Noch nie hatte sie solchen ungezähmten Hass verspürt und noch nie hatte sie solche Mühe sich zu beherrschen, wie in diesem Augenblick.

»Wenn Madame mich noch brauchen...«

»Ach was! Geh nur und schrubbe deinen Ofen!«, entließ sie Madame mit einer wegwerfenden Handbewegung.

Damit verließ Molly das Zimmer. Mit Tränen des Zorns und der Empörung in den Augen, verschwand sie in der Küche, um das Abendessen zuzubereiten. Es vergingen mehrere Stunden. Das Essen wurde serviert und beinahe unberührt wieder abserviert. Madame saß vor den lodernden Flammen des Kamins. Trotz der Hitze hatte sie sich eine Stola um die Schultern legen lassen. Zerberstend vor Einsamkeit und Eifersucht auf die Frau, die ihr den Geliebten abspenstig machte, starrte sie in die züngelnden Flammen. Molly beobachtete Yvette de Castanac durch den Schlitz der angelehnten Türe. Ihre Gestalt wirkte verhärmt und angespannt. Ihr seelisches Leid war von einer Intensität, dass Molly sie beinahe selbst spüren konnte.

Die zierliche Tischuhr auf dem Kaminsims schlug zehn Uhr, als die Glocke an der Haustüre mehrmals hintereinander gezogen wurde. Molly eilte zur Türe. Mr. Fork stand mit versteinerter Miene vor ihr. Er reichte ihr wortlos seinen Hut und Stock und eilte, ohne ihren Gruß zu erwidern, noch um Einlass zu bitten, direkt in das Lesezimmer. Molly sah ihm nach, wie er ohne anzuklopfen eintrat. Unverkennbar war er in gereizter Stimmung, denn kaum befand er sich im Inneren, vernahm Molly ärgerliches Stimmengewirr. Sie konnte nicht genau hören was gesprochen wurde, aber es schien, dass Mr. Fork sehr verärgert über Madames Dreistigkeit war, sich durch das stete Senden von Nachrichten hartnäckig um ihn zu bemühen. Vorsichtig schlich Molly näher an die Türe. Zur Flucht bereit, stand sie und lauschte gespannt.

»Ich will nicht, dass du mir hinterherspionierst! Meine Familie geht dich nichts an! Lass dir das gesagt sein!«

Madame sprang hörbar von ihrem Sessel auf und schritt durch den Raum.

»Ich bin so einsam. Oh Gott, mein Geliebter, wenn du wüsstest, wie lange mir die Stunden eines Tages sind und wie sehr ich leide, dann würdest du nicht so mit mir schimpfen«, jammerte sie mit süßlicher Stimme.

Eine Pause entstand. Dann erwiderte Phillip Fork nicht weniger scharf als zuvor:

»Dennoch gibt es eine Grenze, an die du dich halten musst. Ich will nicht, dass du dich in mein Familienleben einschleichst. Nie, nie wieder. Verstehst du mich?«

Offenbar hatte Yvette de Castanac genickt, denn ein wenig beruhigter fuhr er fort:

»Sieh..., ich vermisse dich doch auch, aber schließlich habe ich Geschäfte zu erledigen und Klienten zu besuchen.«

»Wie viele davon sind alleinstehende Frauen wie ich?«, fragte Madame, die Eifersucht nicht verbergend.

»Yvette, ich bitte dich..., ich habe dir doch schon gesagt...«, unterbrach er sich selbst.

Molly machte einen Schritt nach vorne. Durch den Spalt in der Türe, erhaschte sie einen Blick auf den Wandspiegel. In der Reflexion sah sie Phillip Fork dicht hinter Madame stehen. Seine Hände lagen auf ihren grazilen, weißen Schultern und sein Mund war dicht an ihrem Ohr. Er flüstere ihr etwas zu und mit einer koketten Bewegung drückte sie ihren Rücken dicht an seine Brust. Sie legte ihren Kopf zurück, bis er auf seiner Schulter lag. Mit leidenschaftlichen Küssen bedeckte Phillip Fork Madames Hals. Dann tastete er sich über ihr Schulterblatt nach unten. Molly sah, wie er das

Band der Korsage, das sie am Morgen mit aller Kraft strammgezogen hatte, löste. Madames Atem war deutlich hörbar. Als Molly Madames Gesicht sah, in dem sich der Ausdruck schmerzlichen Begehrens widerspiegelte, überkam sie schlagartig Übelkeit. Nicht fähig auch nur einen Moment länger auszuharren, stürmte sie auf Zehenspitzen in die Küche und gab den gesamten Inhalt ihres Magens von sich.

# Die Nächte in Mont-Saint-Michel ...

... Waren für Pierre nicht mehr einsam und quälend lang. Vielmehr hatte er es sich zur Angewohnheit gemacht, stundenlang im spärlichen Schein einer Kerze zu lesen. Er verschlang jedes Buch, das ihm der Bibliothekar zukommen ließ. Begeistert von den Werken der alten Philosophen, übernahm er ganze Zitate und lernte sie Zeile für Zeile auswendig. Dann nahm er sich Prosas und Gedichte vor. Und schließlich studierte er ein jedes medizinisches Werk, das ihm in die Hände fiel. Wollte er wie Armond werden, würde er viel zu lernen haben. Er packte die Sache an und es war erstaunlich, wie leicht es ihm fiel, komplizierteste Werke zu memorisieren.

Die Wochen auf Mont-Saint-Michele vergingen wie im Fluge. Pierres Verfolgungswahn war gänzlich verschwunden. Es schien, als würde tatsächlich niemand nach ihm suchen. Dennoch las er in regelmäßigen Abständen die Polizeiberichte im *Figaro*, sofern das Blatt einmal pro Woche auf der Festung erhältlich war.

Pierre konnte sogar behaupten, Freunde gefunden zu haben. Die Runde Männer, die sich verlässlich jeden Abend in der Kneipe trafen, hatte ihn, nachdem er großzügig einige Flaschen Cidre spendierte, aufgenommen. Sein Tagesabschluss bestand darin, sich mit den redseligen Trunkenbolden in der Spelunke zu treffen und einige Gläser zu heben. Er konnte sich beherrschen, im Gegensatz zu den anderen. Selten ließ er es zu, über den Durst zu trinken. Zu groß war seine Angst, unter dem Einfluss von Alkohol, Dinge aus der

Vergangenheit preiszugeben. Es war ihm, als hätte er sich wie eine Schlange gehäutet, sein altes Ich hinter sich gelassen und wäre nun Armond Bechameré, vom Scheitel bis zur Sohle. Ein neues Leben hatte sich mit dem neuen Namen vor ihm aufgetan. Er war ein Gentleman geworden. Ein Mann von Ehre und Ansehen. Abgesehen von der Tatsache, dass er sich sein Geld auf unehrenwerte Weise verdienen musste, hatte er sich von den früheren Neigungen gänzlich verabschiedet. Es gab keine häufig wechselnden Damenbekanntschaften mehr und er entsagte dem Glücksspiel. Und das bisschen Cidre, das er zu sich nahm, konnte man nicht als Laster werten.

Die Nacht hatte sich vor einer Stunde über die Festung gelegt. Als Pierre aus dem Fenster sah, konnte er nur den schwarzen Hintergrund erkennen, vor dem er sich im Schein der Kerze widerspiegelte. Die Flut hatte eingesetzt. Das sanfte Rauschen der Wellen war hörbar. Pierre öffnete das Fenster. Ein kühler Luftzug wehte herein und ließ die Flamme der Kerze flackern. Pierre setzte sich in den gepolsterten Sessel, legte seine Beine auf einen Schemel und nahm sich Goethes Italienreise zur Brust. Es musste ein herrliches Land sein. Der Dichter schwärmte in seinen Aufzeichnungen in den buntesten Farben von diesem Stück Erde. Vertieft in seine Lektüre, hörte Pierre das Klopfen im ersten Moment nicht.

»Wer ist da?«, fragte er überrascht.

»Ich bin's!«, antwortete die bekannte Stimme des Bücherverwalters flüsternd.

Pierre stand auf und öffnete ihm die Türe. Mit einem fragenden Blick ließ er den Bibliothekar ein. Dieser blieb mitten im Raum stehen, die Arme umständlich verschränkt und von einem Fuß auf den anderen tretend.

»Was ist denn los?«, fragte Pierre erneut, diesmal fordernder, da er ahnte, dass es sich um eine Nachricht handelte, die er besser nicht hören wolle.

»Ich komme, um dich zu warnen, Armond«, erklärte er.

»Wovor?«

Der Bücherverwalter faltete die Hände nervös und blickte lange auf seine Fingerspitzen, bevor er die Sprache wiederfand.

»Es ist…, ich weiß…, ich weiß, dass du nicht der bist, der zu sein du vorgibst.«

Für einen Moment blieb Pierre das Herz stehen. Er schluckte hart. Sein Freund wich seinem Blick aus und Pierres Unbehagen wuchs ins Unermessliche.

»Wie meinst du das?«, fragte Pierre gespielt unschuldig.

»Es ist mir unangenehm«, sagte der Bibliothekar entschuldigend. »Ich habe dich…, ich meine ich weiß, wie du an all das viele Geld kommst, mit dem du großzügig um dich wirfst und dir deine Freundschaften auf armselige Weise erkaufst.«

Pierre starrte ihn erschrocken an. Er wusste also, dass er ein gewöhnlicher Dieb war. In Gedanken forschte Pierre, ob er sich jemals an dem Portemonnaie des Freundes bereichert hatte.

Ohne eine Antwort von Pierre abzuwarten, fuhr er fort:

»Ich kenne deine Geheimnisse aus der Vergangenheit nicht, aber soviel ist mir klar, du bist nicht der, für den dich alle halten. Dein Äußeres, deine Manieren, deine

Belesenheit sprechen dafür, dass du ein ehrenwerter Bürger bist. Aber ich habe beobachtet, wie du mit flinkem Fingerstreich die Umstehenden um deren Börsen erleichterst. Ich kenne mich damit aus. Auch ich habe eine Vergangenheit die nicht lupenrein ist, aber ich habe mich noch nie im Leben dazu herabgelassen meine Freunde zu bestehlen.«

Pierre nickte betroffen. Peinlich berührt zuckte er mit den Schultern. Nach einer Schweigepause versuchte er sich zu rechtfertigen.

»Ich..., ich bin in eine äußerst prekäre Situation geraten. Es war ein Fehler, aber...«

Abwehrend hob der Bibliothekar seine Hände und schüttelte energisch den Kopf.

»Schweig! Schweig! Ich will es nicht wissen. Es ist mir nicht wichtig. Ich vermisse kein Geld und ich schätze, dass du mich nicht bestohlen hast. Es wird allerdings nur eine Frage der Zeit sein, bis man dich entlarvt und dann..., Gnade dir Gott!«

Wortlos streckte der Buchverwalter seine Hand aus. Er nickte zu dem Sessel hinüber. Pierre hatte verstanden. Er ging hinüber und griff nach dem geliehenen Buch. Er hielt es dem enttäuscht dreinblickenden Mann, der einst sein Freund gewesen war, entgegen. Ein letztes Mal suchte er nach dem Blick des Menschen, der ihm in den letzten Wochen nahegestanden hatte. Dieser jedoch wandte sich von ihm ab und öffnete die Türe. Im Hinausgehen sagte er tonlos:

»Geh, bevor es zu spät ist. Geh noch heute. Nicht nur ich habe dich durchschaut.... Sie wissen um dein Tun, Armond. Glaube mir, sie sind dir auf die Schliche gekommen, ich habe es mit meinen eigenen Ohren gehört. Geh und lass dich hier nicht mehr blicken, solange du lebst. Ich wünsche dir Glück.«

Damit schloss er die Türe hinter sich und ließ Pierre alleine zurück.

# In New York ging gerade ein heftiges Gewitter nieder, ...

... als Molly die Briefe der Madame zur Post bringen sollte. Gerade rechtzeitig konnte sie sich unterstellen. Sie verweilte einige Minuten, bis der heftige Schauer nachließ. Die sonst so belebten Straßen waren wie leergefegt. Dunkle Wolken schoben sich träge am Himmel entlang und verhießen bald einen weiteren Niederschlag. Drückend legte sich eine schweißtreibende Schwüle über die Stadt. Als die letzten Tropfen gefallen waren, wagte sich Molly wieder hervor. Sie hob ihren Rock ein wenig an, um den Saum von den Pfützen fernzuhalten. Obwohl sie sich nicht sonderlich beeilte, erreichte sie das Postamt keuchend. Die Stufen, die in das Gebäude führten, stellten unter dem Einfluss der schwülen Hitze eine enorme Anstrengung dar.

Die Halle des Postamtes war überfüllt, wie gewöhnlich um diese Zeit am Vormittag. Drei Schalterbeamte versuchten die wartenden Massen abzufertigen. Molly reihte sich hinter den Wartenden ein. Dankbar, dass sie dem Hause für einige Zeit entfliehen konnte, genoss sie die Wartezeit, die vor ihr lag. Ihre Gedanken drifteten in Tagträume ab, bis sie die Stimmen der Umstehenden nur noch als unverständliches Murmeln wahrnahm. Erst als sich ein Herr, der sich hinter ihr in die Schlange der Wartenden eingereiht hatte ereiferte, sie darauf aufmerksam zu machen, dass sie an der Reihe sei, holte sie die Wirklichkeit wieder ein. Sie entschuldigte sich und trat vor den Schalter. Ein Beamter, den sie schon seit ihrer

Jugendzeit kannte, bediente sie. Er verwickelte sie in ein belangloses Gespräch, während er die vorgelegten Briefe frankierte und mit einem Stempel versah. Als Molly sich bedankte und verabschiedete, hielt er sie plötzlich zurück.

»Äh..., warte Molly!«

»Ja?«

»Ich habe vorhin beim Verteilen gesehen, dass Post für euch angekommen ist. Wenn du einen Moment wartest, gebe ich sie dir gleich mit.«

Verwundert blickte Molly dem Beamten nach, der hinter einer Holzwand verschwand, um gleich darauf mit zwei Briefen wieder zu erscheinen. Er reichte sie Molly verlegen. Für einen flüchtigen Augenblick streifte seine Hand die ihre.

»Und ich dachte, New York sei viel zu groß, um sich zu merken wer in welcher Straße wohnt«, sagte Molly und hätte sich im selben Moment dafür auf die Zunge beißen mögen.

»Ist es eigentlich auch, aber manche Adressen bleiben einem im Gedächtnis«, erwiderte der junge Mann.

Molly nickte ihm lächelnd zu. Sie gab sich Mühe, die Röte auf seinen Wangen zu ignorieren. Sie drückte sich an den Wartenden vorbei, hinaus ins Freie, wo sie abermals von einem Regenguss erwartet wurde. Der Himmel über ihr war wolkenverhangen. Molly trat auf den Treppenabsatz und blickte nach unten. Die Bürgersteige waren leer. Die Hektik, die üblicherweise in dieser Stadt herrschte, schien abhanden gekommen zu sein. Trauben von Menschen drängten sich eng an Häuserwände oder suchten eilig nach freien Unterständen. Molly betrachtete den obersten Brief. Er kam von einer Bank. Vermutlich ein weiterer Schuldschein. Einer von vielen, die täglich kamen und Madame in übelste Laune versetzten. Sie seufzte auf, steckte den Brief hinter das andere Kuvert und betrachtete dieses. Sofort sprang ihr die bekannte Handschrift ins Auge.

Mein Gott, dachte sie, er hat geschrieben. Er hat tatsächlich wieder geschrieben. Sie drehte das Kuvert um. Deutlich stand da Armond Bechamerés Anschrift. Mit zitternden Händen fuhr Molly über das Siegel. Sie wünschte, sie könne die Zeilen lesen, die sich darin befanden. Nein, das war ausgeschlossen. Nicht noch einmal konnte sie es wagen, Madames Zorn zu provozieren. Und außerdem ging es sie nichts an, was Monsieur mitzuteilen hatte. Und dennoch verlangte jede Zelle ihres Körpers danach, diese Neugierde gestillt zu wissen. Was, wenn dieser Herr auf dem Weg war, um Madame aus der Bredouille zu erretten? Oder konnte er es wagen, ihr Angebot abzulehnen? Wie sehr Molly sich das wünschte. Wie sehr sie Yvette ein mögliches Glück missgönnte. So sehr, dass sie über ihre eigenen Gedanken erschrak und vergeblich versuchte, sie beiseite zu schieben. Nein, schrie sie innerlich, nein, versündige dich nicht! Wünsche niemals ein Unglück herbei, es könnte dich selbst ereilen!

Sie schob die Briefe in ihre Rocktasche und eilte durch den strömenden Regen nach Hause. Triefend nass erreichte sie die Haustüre. Sie tastete nach den Briefen in ihrer Tasche, bevor sie die Türe öffnete.

»Molly..., bist du das?«, drang die Stimme der Hausherrin aus dem Lesezimmer.

»Ja, Madame!«

»Ich warte schon seit einer Stunde auf meinen Tee!«, rief Yvette sichtlich erbost.

Molly trat vor das Lesezimmer, knickste als Madame sie erspähte und entschuldigte sich:

»Es tut mir leid, Madame. Ich habe versucht den Regenschauer abzuwarten und außerdem hat man mich auf der Post aufgehalten.«

Sie zog die Briefe aus der Rocktasche und hielt sie Madame entgegen. Diese nahm sie an sich, studierte mit krauser Stirn das erste Kuvert und warf es ungeduldig auf das Teetischchen vor sich. Dann drehte sie das zweite Schreiben um, blickte auf den Absender und sagte:

»Geh! Lass mich alleine und wenn du dich umgekleidet hast, wünsche ich meinen Tee zu bekommen.«

»Sehr wohl, Madame.«

Molly knickste abermals und entfernte sich rasch. Als sie wieder zurückkam, um den Tee zu servieren, schien Madame aufgeregt zu sein. Kaum hatte sie die Tasse gefüllt, befahl sie:

»Ich will, dass du zu Mr. Forks Büro gehst und ihm bestellst, dass ich ihn baldmöglichst zu sprechen wünsche.«

Molly nickte stumm. Eine Ahnung beschlich sie. Eine Ahnung, die ihr sagte, dass Yvette de Castanac bald alle ihre Sorgen los sei. Dass diese Frau, die sich alles nahm, was sie wollte, ob es ihr zustand oder nicht, bald auch das bekommen solle, nach dem sie trachtete. Nämlich einen reichen Ehemann, der sich den Rest seines Lebens einer Frau verpflichten würde, die ihn wie eine Weihnachtsgans rupfen würde, bis er federlos vor dem Ruin stünde.

# Kurz nachdem der Bibliothekar gegangen war, ...

... raffte Pierre seine Maßanzüge zusammen und stopfte sie in eine lederne Reisetasche. Eilig tastete er nach seiner Börse, um sicher zu gehen, dass er sie eingesteckt hatte. Er öffnete die Türe und war gerade im Begriff, sich heimlich aus seiner Herberge zu stehlen, als er Stimmen im unteren Geschoss vernahm. Es bedurfte keiner zweiten Überlegung. Der Bibliothekar hatte recht gehabt, man hatte ihn durchschaut und nun war die Meute hinter ihm her. Er warf einen Blick über das Treppengeländer. Dort standen mindestens zehn aufgebrachte Männer, die heftig mit dem Hausherrn um Einlass diskutierten. Noch bevor ihn einer der Männer erblickte, hastete Pierre in sein Zimmer zurück. Wie ein gehetztes Tier, das sich in der Falle befand, schaute er sich in den vier Wänden um. Wohin nur? Er warf seine Reisetasche auf das Bett, zog einen Tisch eilig unter das Dachfenster, kletterte hinauf und verschwand durch die Luke. Kaum war er im Freien, hörte er die polternden Schritte, die sich die Treppe hinaufbewegten. Dann das Hämmern von Fäusten an der Zimmertüre.

Pierre blickte sich nach allen Seiten um. Das Dach war steil gebaut und von der Feuchte der Nacht, die vom Meer herübergezogen war, gefährlich rutschig. Ein falscher Schritt und er würde in die kopfsteingepflastere Gasse stürzen. Vermutlich würde er einen solchen Sturz nicht überleben. Vorsichtig hangelte er sich auf allen Vieren am Giebel des Daches entlang. Am Ende angelangt, blickte er auf das Dach des nächsten Hauses hinunter, das einige Meter unterhalb lag. Es gab keine andere Möglichkeit. Auf wackeligen Beinen richtete er sich auf und taxierte den Abstand kurz. Mit einem kräftigen Satz sprang er nach vorne. Seine Arme ruderten durch die Luft und mit einem dumpfen Schlag landete er auf dem Dach unter sich. Wieder balancierte er am Giebel entlang. Kaum war er dabei das folgende Dach zu taxieren, hörte er Stimmen hinter sich. Er drehte sich um und sah ein bekanntes Gesicht, das durch die Dachluke seiner Unterkunft spähte.

»Da vorne ist er! Ich kann ihn sehen! Er versucht über die Dächer zu entkommen!«

Pierre bemerkte noch, dass der Verfolger seinen Körper durch die Luke hievte und ebenfalls auf dem ersten Dach zu stehen kam. Dann sprang er wieder und verlor den Mann hinter sich aus den Augen. Dieser rief ihm nach, er solle stehen bleiben, doch unbeirrt setzte Pierre seine Flucht fort.

»Lauft hinunter in die Gasse und schneidet ihm den Weg ab!«, brüllte der Mann hinter ihm.

Atemlos hastete Pierre am Giebel entlang. Er überlegte, ob er es wagen könne, von hier aus in die Gasse zu springen. Doch ein prüfender Blick verriet ihm, dass er das nicht ohne Knochenbrüche überstehen würde. Also sprang er weiter nach unten. Irgendwann muss doch dieser Anstieg enden, schoß es ihm durch den Kopf, als er hinter sich die Schritte des Verfolgers hörte. Nur ein einziges Dach trennte die beiden Männer voneinander und von hinten hallten die Schritte der anderen Männer durch die nächtliche Gasse, die hinunter zum Ortsausgang und zum Meer führte. Ohne zu überlegen, machte Pierre einen weiteren Satz auf das folgende Dach hinunter, lief dann zur Mitte des Giebels, ging in die Hocke und rutschte auf seinem Allerwertesten die Dachschräge hinab. Kurz vor der Rinne versuchte er zu stoppen, doch die Feuchtigkeit war wie Schmierseife unter ihm und schickte ihn geradewegs in die Tiefe. Völlig unkontrolliert stürzte er nach unten. Erschrocken und noch in der Hocke prallte er auf dem harten Boden in der Gasse auf. Die Stimmen der Männer kamen näher. Pierre versuchte sich aufzurichten. Nach einer kurzen Verschnaufpause gelang ihm das erstaunlich gut. Offenbar hatte er den Sturz unbeschadet überstanden. Er blickte in alle Richtungen. Über ihm starrte sein Verfolger ungläubig in die Tiefe. Er rief ihm etwas zu, doch Pierre verstand die Worte nicht. Er nahm seine Beine in die Hand und rannte davon. Erst jetzt bemerkte er die Schmerzen in den Knien, die gestaucht von dem Aufprall waren und sich anfühlten, als hätte ihm jemand einen Knüppel darüber geschlagen. Dennoch erreichte er nach einigen Metern den Ortsausgang, der aus einer historischen Zugbrücke bestand die nur während Hochwasser nach oben gezogen wurde. Pierre rannte über die Brücke hinweg, auf den schmalen Weg, der normalerweise trockenen Fußes zum Festland hinüberführte. Doch nach wenigen Schritten stand er im Nassen. Die Flut! Die Flut hatte den gesamten Weg überspült! Im Schein des Mondes blickte sich Pierre abermals gehetzt um. Es gab keine andere Möglichkeit als in das unruhige Wasser zu springen. Doch der Abstand bis zum gegenüberliegenden Festland war gewaltig. Und er konnte nicht besonders gut schwimmen. Ein Blick über die Schulter zeigte ihm die Meute, die mit fuchtelnden Händen näherkam. Ein Gewirr aus Schreien ertönte hinter ihm. Nun passierten die Männer die Brücke und in wenigen Augenblicken würden sie ihn zu greifen bekommen. Keine Chance, dass sie ihn milde behandeln würden. Der Pulk, der hinter ihm her war, würde ihn töten. Würde übelste Selbstjustiz an ihm betreiben, wenn er nicht bald verschwinden würde. Pierre blieb keine andere Wahl. Er lief in das Wasser, bis der Grund unter ihm endgültig verschwand und er zu schwimmen begann. Salzige Wellen umspülten ihn und suchten gnadenlos den Weg in seinen Mund. Prustend und keuchend kämpfte er sich nach vorne. Zu erschöpft von der Flucht zu Fuß, um einen ordentlichen Zug schwimmen zu können, paddelte er wie ein ertrinkender Hund um sein Leben.

Die Stimmen vom Ufer drangen verschwommen an seine Ohren. Er blickte sich reflexartig um und wurde im selben Augenblick von einem Stein an der Stirn getroffen. Der unerwartete Schlag ließ ihn für einige Sekunden untergehen. Von Schwindel erfüllt kämpfte er sich jedoch wieder an die Oberfläche und paddelte hektischer als zuvor. Wieder flogen Steine in seine Richtung, die ihn nur knapp verfehlten. Dann ein deutlicher Ruf:

»Ertrinken sollst du, du Schweinehund! Ersaufen wie ein räudiger Straßenköter!«

Ja, das werde ich wohl, dachte Pierre und tauchte unter, um den Wurfgeschossen zu entkommen. Seine Lunge brannte zum Zerbersten. Schwindel überkam ihn abermals und nur mit Mühe konnte er seinen Kopf über Wasser halten. Er wusste nicht wie lange er schon schwamm, aber nach einiger Zeit verlangsamte er sein Tempo und drehte sich vorsichtig zum Ufer hin um. Er konnte nicht mehr und wenn es das Schicksal so wollte, dann würde er sich in dieser Minute kampflos ergeben. Doch wie er feststellte, hatte er sich schon weiter als angenommen vom Ufer entfernt. Im Mondschein sah er verschwommen die Gestalten der Männer, die offenbar einen ihrer Kameraden an Land zogen. Vermutlich hatte einer der Verfolger gewagt, sich in das Wasser zu stürzen und aufgegeben. Wahrscheinlich waren ihre Kräfte schneller versiegt, da sie nicht von der gleichen Angst getrieben wurden wie Pierre. Von der Angst, gelyncht zu werden. Pierre hielt inne und ließ sich treiben. Er versuchte nichts anderes, als sich über Wasser zu halten. Seine Arme schmerzten. Sein Kopf brummte und etwas Warmes, das nur sein eigenes Blut sein konnte, tropfte von seiner Stirn über seine Augen. Wenn er nach vorne blickte, schien es ihm unmöglich, das Festland zu erreichen. Einige Zeit gab er sich dem Gedanken hin, Gott über sein Leben entscheiden zu lassen. Doch dann schienen sich die letzten Kräfte in seinem Körper aufzubäumen. Mühselig fing er wieder an mit den Armen und Beinen das Wasser zur Seite zu drängen. Er würde es schaffen! Er musste es schaffen!

»Ich muss nach Amerika!«, befahl er sich selbst laut. »Ich muss nach Amerika! Da wartet ein neues Leben auf mich!«

# Die New Yorker Straßen waren noch leer, ...

... als Molly zum Haus des Rechtsbeistandes geschickt wurde. Ein ganzer Tag war vergangen, seit Madame den Brief erhalten hatte und nun, ausgerechnet am frühen Morgen konnte sie plötzlich keine Minute mehr warten und verlangte auf der Stelle nach Mr. Fork. Molly graute bei der Vorstellung, dass Mr. Fork vermutlich keineswegs erfreut über ihr Erscheinen sein würde. Deutlich hatte er Madame wissen lassen, dass er es wenig schätzte, so massiv in seiner Privatsphäre gestört zu werden. Als sie das Haus erreicht hatte, hielt sie inne und suchte hinter den Gardinen eine Bewegung ausfindig zu machen. Es schien als sei noch keine Menschenseele wach. Mit einem beklemmenden Gefühl in der Magengegend stieg Molly die Treppen nach oben und betätigte den Türklopfer. Der Schall des aufeinanderschlagenden Metalls drang durch die Eingangshalle. Als sich nach einiger Zeit niemand meldete, klopfte Molly abermals. Sie hätte auf der Stelle umdrehen mögen, doch Madames drohender Zorn über einen nicht erfüllten Auftrag, ließ sie felsenfest vor der Türe stehen bleiben. Zögerlich griff sie nach dem Türklopfer und wollte ihn gerade erneut gegen die Metallplatte schlagen, als die Türe von innen geöffnete wurde. Der Hausherr persönlich stand ihr gegenüber. Er war in einen seidenen Morgenrock gehüllt. Seine Augen blickten ihr mürrisch entgegen und seine gesamte Haltung verriet Missbilligung.

»Molly! Was um Himmels Willen gibt es nun schon wieder?«, fuhr er sie unwirsch an.

Verlegen senkte sie den Blick auf ihre Schuhspitzen. Sie wollte sich erklären, brachte aber keinen Ton heraus. Nicht ob der Tatsache, dass sie Angst vor ihm hatte, sondern vielmehr, um ihr Gesicht, das vor Röte brannte, nicht zeigen zu müssen.

»Entschuldigung... Du Ärmste. Ich wollte dich nicht erschrecken«, sagte er sanft, legte ihr eine Hand auf die Schulter und zog sie mit sich hinein.

Er schloss die Türe hinter sich und Molly fand sich in der Eingangshalle wieder, die nur spärlich durch die gläsernen Lichtbögen neben der Haustüre, beleuchtet war.

»Nun..., was ist los? Was gibt es so wichtiges, dass Madame Yvette um diese Uhrzeit nach mir schicken lässt?«

»Ich weiß es nicht genau, Mr. Fork, aber sie meinte es wäre von äußerster Dringlichkeit und sie mögen doch noch vor Büroöffnung zu ihr kommen.«

Fork seufzte laut auf. Der Unmut über diese Bevormundung war nicht zu übersehen. Insgeheim triumphierte Molly. Endlich, so dachte sie, geht ihm ein Licht auf. Endlich durchschaut er sie. Endlich wird sie ihm über.

»Nun gut! Ich ziehe mich an und werde in einer halben Stunde bei ihr sein. Und nun lauf und sag Bescheid, dass ich auf dem Weg bin!«

Damit öffnete er die Türe und entließ Molly in die kühle Morgenluft. Eilig ging sie im Laufschritt zurück. Sie überbrachte die Nachricht und wurde sogleich geschickt eine Frühstückstafel zu decken. Madame bestand auf frisch gepressten Orangensaft, helles Brot, Marmelade und Eier, die sie am liebsten beidseitig gebraten hatte. Molly war beinahe fertig, als Mr. Fork schellte. Sie ließ ihn ein und führte ihn in das Esszimmer. Madame saß bereits am Kopfende der großen Tafel. Mit einer hoheitsvollen Miene ließ sie sich die Hand zum Gruße küssen. Molly rückte dem Herrn den Stuhl zurecht und kümmerte sich weiter darum, das Essen aufzutragen. Nur im Kommen und Gehen hörte sie einige Wortfetzen, die ihr Interesse schürten. Ganz ohne Zweifel hatte Madame eine positive Antwort von Armond Bechameré erhalten. Sie redete ohne Unterlass und schien sichtlich aufgeregt. Mr. Fork hingegen war die Ruhe in Person. Er nickte nur hin und wieder, während er in seinem Essen stocherte. Molly konnte sein Verhalten nicht deuten. War er froh, dass bald ein Herr auftauchen würde, der ihm die Last mit dieser Person abnahm? Oder aber war er eifersüchtig, dass seine Geliebte einen neuen Mann bekommen sollte? Irritiert und den Kopf voller Fragen, zog sich Molly in die Küche zurück. Sie kam erst wieder hervor, als Madame nach ihr läutete und sie bat, Mr. Fork zur Türe zu bringen. Molly schritt dem Herrn voraus, öffnete ihm die Türe, nickte zum Gruße und sah ihm nach, wie er ins Freie trat. Dann eilte sie zurück in das Esszimmer.

»Haben sie noch einen Wunsch, Madame?«, fragte sie, während ihr Blick über den Tisch schweifte.

»Nein, du kannst abräumen. Ich werde nur noch meinen Tee trinken.«

Molly holte ein Tablett und begann das Geschirr darauf zu stapeln. Mr. Forks Teller war kaum angerührt. Reste von Brot und Ei waren auf einen unappetitlichen

Haufen zusammengeschoben und sahen aus, als hätte er darin mit seiner Gabel herumgestochert. Sie trug das volle Tablett in die Küche. Dann nahm sie ein leeres Tablett und ging zum Esszimmer zurück. Doch bevor sie die Türe ganz öffnete, erhaschte sie einen Blick auf Madame, der sie innehalten ließ. Durch den Spalt der angelehnten Türe, beobachtete sie, wie Yvette de Castanac sich mit der flachen Hand über die Kehle strich und dabei ihren Kopf weit nach hinten in den Nacken legte. Sie seufzte, verharrte eine Weile in dieser Position, um dann den Kopf weit nach vorne zu beugen, das Kinn auf der Brust abgelegt. Dabei strich sie sich mit der flachen Hand über den Nacken. Diese Bewegung hatte etwas so Anmutiges, etwas so Sinnliches an sich, dass Molly wie gebannt auf Madame starrte. Noch nie zuvor hatte sie gleichermaßen Bewunderung und Hass für ein und dieselbe Person empfunden. Ein brennender Neid erfasste sie. Mit geballten Fäusten starrte sie auf die Frau, die alles hatte, was ihr im Leben verwehrt bleiben würde. Wie konnte Gott nur so ungerecht sein? Warum gab er einer herzlosen, kalten Frau wie dieser, das Aussehen eines Engels? Gliedmaßen, die so fein waren, als wären sie aus Porzellan. Ein Hals, der dem eines Schwanes glich und Haar, das von berauschender Dichte war. Molly schluckte hart. Sie wünschte, sie könnte die Bilder aus ihrem Kopf vertreiben. Madame hatte wirklich eine Gabe, die Menschen um sich herum zu verhexen. Wie sonst war es erklärbar, dass Molly alles dafür tun würde, nur einmal im Leben von solcher Anmut und solchem Glanz zu sein. Nur einmal im Leben so auszusehen, wie Yvette de Castanac.

Als sie vorsichtig eintrat, war von dem Zauber des Augenblickes nichts mehr übrig. Madame war aufgestanden und bellte ihr noch zwei Anweisungen zu, die sie schnellstmöglich erfüllt zu wissen wünsche. Hoch aufgerichtet schritt sie mit raschelndem Rock zur Türe hinaus und verschwand. Mit ihr verschwand auch die Eleganz, die diesen Raum noch bis vor einigen wenigen Augenblicken erfüllt hatte.

Molly lauschte, bis sie hörte, dass die Türe zum Badezimmer ins Schloss gezogen wurde. Dann setzte sie sich schnell auf Madames Stuhl und betrachtete sich im mannshohen Spiegel, der gegenüber an der Wand hing. Sie legte ihre Hand an die Kehle und imitierte Madames Bewegungen, ohne sich dabei selbst aus den Augen zu lassen. Langsam ließ sie ihre Hand über die Kehle gleiten, bis sie schließlich auf ihrem Brustbein zu liegen kam. Sie seufzte, wie Madame es zuvor getan hatte. Doch was sie im Spiegel sah, war bar jeglicher Sinnlichkeit oder Anmut. Alles was sie sah, war eine Magd. Eine Bedienstete. Eine Frau, die, obwohl gertenschlank, im Vergleich mit Yvette grob erschien. Eine Frau aus den unteren Schichten, deren Hände von der Schärfe der Kernseife rot und rissig waren und deren Hals nichts schwanengleiches besaß. Ärgerlich darüber, dass sie sich vor ihren eigenen Augen lächerlich gemacht hatte, warf sie die Serviette, auf der sich die Umrisse von Madames purpurner Lippenpomade abzeichneten, quer über den Tisch. Sie stieß den Stuhl nach hinten und stapelte, mit übertriebener Hast, das Geschirr auf das Tablett. Als sie sich weit über den Tisch beugte, um die Serviette aufzuheben, blieb ihr Blick abermals an der purpurroten

Kontur von Yvettes Mund hängen. Molly starrte auf den perfekten Abdruck ihrer Lippen. Vorsichtig führte sie die Serviette an ihren Mund. Sanft und mit geschlossenen Augen bedeckte sie Yvettes Lippen mit den ihren.

# Am gegenüberliegenden Ufer von Mont-Saint-Michel, ...

... lag Pierre zusammengekauert und ohne Bewusstsein. Getrocknete Gischtkronen bedeckten seinen Körper, an dem die Kleidung nur noch in Fetzen hing. Er hatte gegen den Widerstand des Wassers angekämpft, bis er vor Erschöpfung das Bewusstsein verloren hatte. Glücklicherweise hatte die bewegte See ihn weitgehend unbeschadet, durch die schroffen Felsformationen hindurch, auf das gegenüberliegende Festland getragen. Da lag er nun, sein Körper von Schrammen und Blessuren bedeckt, aber noch am Leben.

Als er einen brennenden Schmerz auf seinen Wangen spürte, schlug er schließlich die Augen auf. Noch verschwommen erkannte er einen Mann, der ihm immer und immer wieder mit der flachen Hand ins Gesicht schlug. Pierre wollte schreien, er wollte fliehen, doch sein Geist schien von seinem Körper losgelöst zu sein. Er spürte nicht eine einzige Gliedmaße. Hatte man ihn nun doch gefunden? War seine Flucht vergebens gewesen? Und würde er nun doch der Lynchjustiz zum Opfer fallen? Wieder ein Schlag. Der Fremde hatte seine Schultern umklammert und schüttelte ihn unsanft. Dann erschien ein zweites Gesicht in seinem Blickfeld. Eine Frau, die sich dicht zu ihm hinunterbeugte. Sie sagte etwas, das gedämpft und verzerrt an sein Ohr drang.

»Lebt er noch?«

»Ja, das schon«, erwiderte der Mann, der ihm erneut ins Gesicht schlug. »Aber er will einfach nicht zu sich kommen!«

»Wir müssen ihn zum Wagen tragen«, entschied die Frau entschlossen.

Daraufhin hievte ihn der Mann nach oben, schulterte ihn und trug ihn davon. Abermals verlor er das Bewusstsein.

Er wusste nicht, wie lange er nicht ansprechbar gewesen war, aber als er erneut erwachte, war das Gesicht der Frau wieder dicht über ihm. Sein Blick klärte sich.

»Er schlägt die Augen auf!«, rief die Frau erfreut.

Eine zweite, ältere Frau beugte sich zu ihm hinunter und befühlte fürsorglich seine Stirn. Sie lächelte freundlich und tätschelte seine Wangen. Die Jüngere legte ihm einen kalten Lappen auf die Stirn und drückte ihn mit der flachen Hand gegen seinen glühend heißen Kopf.

»Monsieur..., können sie mich hören?«, fragte die Ältere.

Pierre blickte sie verständnislos an. Wo war er? Wer waren diese Frauen?

»Monsieur..., hören sie mich?«, fragte sie abermals.

Ja, er konnte sie hören, aber seine Lippen waren unfähig eine Antwort zu formen. Daher nickte er schwerfällig und schloss die Lider für einen kurzen Moment. Die beiden Frauen verstanden sofort. Beruhigend legte die Ältere ihre Hand auf die seine und flüsterte:

»Ruhen sie sich aus. Ruhen sie sich aus, sie müssen erst zu Kräften kommen, dann wird genug Zeit zum Reden sein.«

Ihre Stimme lullte ihn ein und er versank in einen unruhigen, von Alpträumen geplagten Fieberschlaf. Wieder und wieder durchlebte er seine Flucht. Die peitschende Flut zog ihn nach unten auf den Meeresgrund. Salziges Wasser fand in großen Mengen einen Weg in seinen Mund, seine Kehle, hinunter, bis seine Lungen schier barsten.

Er kämpfte drei Tage und Nächte gegen das Fieber an. Drei lange Tage und Nächte kühlten ihm die Frauen die Stirn, hielten seine Hand und flößten ihm löffelweise Wasser ein. Am vierten Tag schlug er die Augen auf. Ohne lange zu zögern setzte er sich nach oben und starrte verwundert in den spärlich eingerichteten Raum, in dem er sich befand.

»Gepriesen sei der Herr!«, rief die ältere der Frauen aus und ging auf ihn zu.

Ohne ihm eine Antwort zu geben befühlte sie seine Stirn. Sie lächtelte ihn an, drehte sich zu der Jüngeren um, die gerade am Herd etwas zu kochen schien und stellte fest:

»Das Fieber ist verschwunden! Er hat es geschafft!«

Im gleichen Moment ging die Türe auf und ein Mann trat ein. Er erfasste die Situation sofort, ging auf Pierre zu und blickte ihn durchdringlich an. Pierre konnte nicht erkennen, ob der Mann ihm gutgesonnen oder spinnefeind war. Sein Ausdruck war jedenfalls mürrisch. Die Augenbrauen zusammengezogen, die Augen zu Schlitzen verengt und die Lippen fest aufeinandergepresst.

»Teufelsbraten!«, rief er aus und seine Miene hellte sich etwas auf. »Scheinst es tatsächlich geschafft zu haben! Dann besteht ja Hoffnung, dass wir dich bald wieder los sind.«

»Vater!«, empörte sich die jüngere Frau. »Vater, sei doch nicht so barsch! Er hat gerade ein Fieber überstanden. Du kannst mit einem Kranken nicht so rüde sprechen!«

Die Miene des Mannes bekam wieder den ursprünglichen mürrischen Ausdruck. Er grunzte verächtlich, drehte sich um und polterte wieder hinaus.

»Willkommen in unserem bescheidenen Heim«, empfing ihn die ältere Frau und streckte ihm zum Gruß ihre fleischige, weiche Hand entgegen.

Pierre drückte sie und versuchte ein Lächeln. Doch seine Mundwinkel waren verkrustet von fiebrigen Blasen, die bei der geringsten Bewegung aufrissen und zu bluten begannen. Sofort eilte die junge Frau herbei und betupfte seine Lippen mit einem sauberen Tuch. Dann holte sie ein Töpfchen mit Schmalz, tauchte ihren Finger hinein und betupfte die Krusten an seinen Lippen.

»Sie dürfen noch nicht sprechen«, mahnte sie ihn. »Wir haben sie am Strand gefunden. Wir dachten, sie seien tot. Mein Vater hat sie hierhergetragen und meine Mutter hat all ihre Kräutertinkturen und Säfte an ihnen ausprobiert. Und wie man sieht, geht es ihnen offenbar besser.«

Pierre nickte den Frauen dankbar zu. Die Ältere drückte ihn sanft an den Schultern in die Kissen zurück.

»Sie müssen noch ruhen. Sie hatten eine schlimme Lungenentzündung. Gott muss sie sehr lieben, mein Junge.«

Willig ließ Pierre alles mit sich geschehen. Er schloss die Augen und schlief wieder ein. Dieses Mal jedoch ohne von schweren Träumen geplagt zu werden. Er schlummerte friedlich und tief, wie ein Baby, das sich im Schoße einer liebevollen Mutter gut behütet fühlt.

# Das Grand Hotel in der 5th Avenue stand in Flammen ...

... Und Madame Yvette de Castanac stand wie vom Blitz getroffen auf dem Gehweg vor ihrem ererbten Haus und bangte um die Sicherheit ihrer Immobilie. Irgendwann in den frühen Morgenstunden musste der Brand ausgebrochen sein und man munkelte, dass ein Gast ihn verschuldet hatte. Der Tumult hatte Molly und Madame aus dem Schlaf gerissen. Die beiden Frauen hatten sich in Windeseile gekleidet und waren auf die Straße gelaufen. Schnell wurde klar, dass die Flammen nicht so leicht unter Kontrolle zu bringen waren. Molly starrte fassungslos auf das grausige Schauspiel. Die Flammen züngelten bedrohlich in ihre Richtung. Ein böiger Wind fachte die lodernde Hölle noch zusätzlich an. Wenn die Feuerwehr, die schon seit einer Stunde vergeblich gegen die Feuersbrunst ankämpfte, nicht bald eine Lösung finden würde, wäre die Fortsetzung der ganzen Straße gefährdet. Die Flammen hatten bereits das angrenzende Haus ergriffen. Wütend züngelten sie an dem hölzernen Dachstuhl empor und verkohlten binnen Minuten alles, was sich in ihrer Nähe befand. Eine Frau, die offenbar nicht rechtzeitig vor dem Feuer gewarnt werden konnte, stand am Fenster und schrie um Hilfe. Dicke Rauchschwaden umgaben sie. Dann züngelten die ersten Flammen hinter ihr durch den Raum. Molly bedeckte ihren Mund mit der Hand. Sie begriff, dass jede Hilfe für diese unglückliche Kreatur zu spät kommen würde, wenn nicht augenblicklich etwas geschehe. Vor Entsetzen gebannt, verfolgte sie die

Szenerie, die sich vor ihren Augen abspielte. Die Frau stieg, in dem verzweifelten Versuch der Hitze und den Flammen entfliehen zu können, auf den Fenstersims. Mit einer Hand hielt sie sich an der hölzernen Strebe fest, die die beiden Fensterflügel trennte, mit der anderen winkte sie um Aufmerksamkeit. Die umstehenden Menschen hatten sie längst bemerkt, dennoch schien es aussichtslos, ihr schnell genug zu Hilfe zu eilen. Molly schrie nach den Feuerwehrmännern, die hektisch versuchten das Sprungtuch zu entfalten. Obwohl die Männer in Rekordgeschwindigkeit arbeiteten, kam es Molly vor, als würden sie in einem See aus Melasse feststecken und sich nur in Zeitlupentempo bewegen. Mit einem letzten, hysterischen Aufschrei sprang die Frau schließlich in die Tiefe, noch bevor das Sprungtuch gespannt werden konnte. Molly hielt den Atem an. Der dumpfe Schlag des Aufpralls war deutlich hörbar. Entsetzte Rufe gingen durch die Menschenmenge. Schaulustige umkreisten die tote Frau, die mit verdrehten Gliedmaßen auf dem Gehweg lag.

»Lauf und pack meine Kleider!«, rief Yvette plötzlich aus.

»Wie?«, fragte Molly verständnislos, vom Schock des gerade erlebten noch unfähig einen klaren Gedanken fassen zu können.

»Lauf schon! Pack meine Sachen!«, brüllte Yvette hysterisch. »Oder willst du, dass ich ohne meine Kleider dastehe, wenn man es nicht schafft, das Feuer unter Kontrolle zu bringen?«

Erschrocken eilte Molly die Stufen nach oben, ins Innere des Hauses. Wirr rannte sie von einer Seite zur anderen, nicht sicher, womit sie beginnen sollte. Dann blieb sie in der Halle stehen, sammelte sich einen Moment und stob schließlich in das Schlafzimmer der Madame. Von dort aus betrat sie den Ankleideraum. Sie öffnete die Schranktüren, nahm so viele Kleider wie sie umfassen konnte heraus und legte sie ordentlich auf das fluchtartig verlassene, ungemachte Bett der Madame. Das Bett, indem ihre geliebte Madame Dupré den letzten Atemzug getan hatte. Das Bett, das der jungen Madame nicht zustand. Niemals zustehen würde.

Wenige Minuten später stürmte Yvette in den Raum.

»Beeile dich! Das Feuer kommt!«

Molly lief in den Abstellraum, holte die großen Schrankkoffer hervor und hing die Kleider hinein. Yvette stand hinter ihr, machte jedoch nicht die geringsten Anstalten mit anzupacken. Vielmehr gab sie sinnlose Kommandos von sich. Dann mit einem Male hörten die beiden Frauen ein heftiges Pochen an der Türe.

»Wer kann das sein?«, kam Yvettes rhetorische Frage.

Ohne Molly zu beauftragen, rannte sie die Treppe hinunter und öffnete selbst die Türe. Feuerwehrmänner, in voller Montur gekleidet, standen vor ihr und drängten sie zur Seite. Bevor sie sich versah, ergoss sich ein gewaltiger Schwall Wasser aus dem Schlauch, den der erste Mann in Händen hielt. Augenblicklich fluteten die Männer die Eingangshalle. Yvette stieß einen spitzen Schrei aus.

»Keine Sorge Ma'am, wir werden das Gebäude befeuchten, damit die Flammen keine Chance haben«, rief ihr der Kommandeur der Truppe zu und begann mit seinen Männern die Wände zu besprengen.

»Stop! Sind sie verrückt geworden?«, kreischte Yvette und stürzte sich auf den Kommandeur.

»Gehen sie aus dem Weg«, antwortete dieser und schob sie bestimmt zur Seite.

»Mein Mobilar! Ich habe erst vor kurzem renoviert! Das dürfen sie nicht!«, protestierte Yvette erneut und stellte sich wieder in den Weg.

Die Männer ignorierten sie. Und wäre sie nicht rechtzeitig zur Seite gesprungen, hätte der harte Strahl sie vermutlich erwischt. In ihrer Aufregung stürzte sie zur Türe. Sie musste das Wasser stoppen! Draußen, neben dem Gehweg, stand ein roter Löschzug. Mehrere Männer betätigten die Pumpe. Sie waren vom Ruß und dem Staub der Asche komplett schwarz verschmiert. Ihre Gesichter glänzten vom Schweiß, der vor Anstrengung in Strömen lief.

»Aufhören! Sofort aufhören!«, schrie Yvette zu ihnen hinüber.

Für den Bruchteil einer Sekunde, ließen die Männer von ihrer Aufgabe ab. Doch als der Kommandeur – Wasser marsch! – befahl, fingen sie erneut zu pumpen an. Yvette bemerkte, dass die beiden Häuser neben dem ihren, auch mit Wasser besprengt wurden. Wild fuchtelnd rannte sie wieder hinein, flehte den Kommandeur an, er möge innehalten und wurde plötzlich von einem unkontrollierbaren Weinkrampf übermannt. Einer der Männer, die am hinteren Ende des Schlauches stand, fing sie gerade rechtzeitig auf, bevor sie zu Boden ging. Er nahm sie in die Arme und trug sie in die obere Etage, wo Molly sich wie angewurzelt, an die Brüstung des Treppengeländers geklammert hielt. Sie wies dem Feuerwehrmann den Weg in Madames Schlafzimmer mit einem kurzen Kopfnicken. Selbst blieb sie gebannt auf ihrem Platz stehen und sah zu, wie die Farbe von den teuren Gemälden tropfte, die ebenfalls dem Wasser zum Opfer gefallen waren. Als der Feuerwehrmann wieder aus dem Zimmer kam, verweilte er für einen kurzen Augenblick neben ihr.

»Sie ist ohnmächtig, wird aber bald wieder zu sich kommen.«

Molly nickte, ohne ihn anzusehen.

»Ja, das ist ein harter Schlag für sie«, sagte Molly monoton, mehr zu sich selbst.

»Hören sie, Lady..., besser diesen ganzen Plunder hier zu verlieren, als das gesamte Haus«, erwiderte der Mann mit einer ausladenen Geste, die das Interieur des Hauses umfassen sollte. »Außerdem müssen wir verhindern, dass die umstehenden Gebäude Feuer fangen. Sie verstehen das doch, oder? Die ganze Straße würde brennen wie Zunder, wenn wir nichts unternehmen. Und hier geht es um eine ganze Stadt, nicht nur um ein oder zwei Häuser«, rechtfertigte er das Handeln.

Dann stapfte er in seinen schweren Stiefeln an ihr vorbei, wieder hinunter zu seinen Kameraden, die sich bereits in die anderen Zimmer vorgearbeitet hatte. Molly löste sich von der Brüstung, um nach Yvette zu sehen. Diese lag bleich wie ein Geist, neben einige ihrer ausgebreiteten Kleidern, auf dem Bett. Ihre Augen waren geöffnet, doch keine Regung zeigte sich. Die Pupillen sahen aus wie große schwarze Knöpfe, die das grün ihrer Augenfarbe zu verdrängen drohten. Molly trat näher an sie heran. Die Schönheit der Madame schien vergangen zu sein. Was Molly vor sich sah, glich einer Maske. Die blutleere Gestalt, die da zwischen den Kleidern lag, sah aus wie tot. Molly schluckte hart, bevor sie wagte Madame anzusprechen.

»Geht es ihnen besser?«, fragte sie zögerlich.

Sie erhielt keine Antwort. Daraufhin trat sie noch dichter an das Bett. Sie sprach Madame erneut an und als sie wieder keine Antwort erhielt, umfasste sie das schlanke Handgelenk der Hausherrin und fühlte nach einem Pulsschlag. Sie konnte nichts fühlen. Panik überkam sie und ohne darüber nachzudenken, presste sie ihre flache Hand auf Madames Brustbein. Ein schwaches Pochern drang an ihre Fingerspitzen. Ein Herzschlag, der kaum zu erfühlen war. Der Herzschlag einer gebrochenen Frau. Beinahe erleichtert über das Lebenszeichen, nahm Molly ihre Hand zurück und war im Begriff das Zimmer zu verlassen. Kaum hatte sie sich von Yvette abgewandt flüsterte diese heiser:

»Ich bin ruiniert. Ich bin ruiniert.«

Molly wandte sich der Leidenden zu. Sie starrte immer noch gegen die hölzerne Decke des Himmelbettes. Und hätte sie nicht gesprochen, konnte man noch immer meinen, sie sei dem Leben entschwunden.

»Madame...«, fragte Molly behutsam. »Madame, kann ich etwas für sie tun?«

»Lass mich in Ruhe!«, spukte sie plötzlich deutlich vernehmbar hervor. »Lass mich einfach nur in Ruhe!«

Molly wich erschrocken zurück. Scheinbar konnte kein noch so grausamer Schicksalsschlag dieser Person die Spitze ihrer Zunge nehmen. Angewidert drehte Molly sich um, um das Zimmer zu verlassen.

»Dieses Land..., diese Menschen..., du..., ich hasse es!«, rief Madame ihr verachtungsvoll nach.

Sie hatte sich aufgesetzt und schrie nun aus vollem Halse:

»Ich hasse es! Hörst du..., du primitives, ungebildetes, amerikanisches Putzweib! Ich hasse alles hier in diesem gottverdammten Land!«

Molly floh auf die Galerie hinaus, hielt sich am Geländer fest und atmete tief durch. Noch vor wenigen Sekunden hatte sie so etwas wie Mitleid verspürt. Davon war nicht die geringste Spur übriggeblieben. Wie töricht zu glauben, dass Yvette auch nur ein Gramm Mitgefühl verdient hätte!

Sie blickte in die Halle hinunter. Es war niemand zu sehen und doch hörte sie das unablässige Plätschern des Wasserstrahles und die Stimme des Kommandeurs, der seine Männer von einem Raum in den anderen schickte. Eine teuflische Genugtuung befiel das Hausmädchen mit einem Male. Sie richtete sich stolz auf und schritt die Treppe hinunter. Sie warf einen kurzen Blick zurück zum Schlafzimmer der Madame, die nach wie vor tobte.

»Ja..., meine Liebe..., es sieht tatsächlich so aus, als seist du ruiniert«, flötete Molly leise vor sich hin.

Mit einem Lächeln auf den Lippen stieg sie in das kalte Nass, das den Boden schon zentimeterhoch bedeckte.

# Als die zweite Woche verstrichen war, ...

... Überkam Pierre der dringliche Wunsch, das Haus seiner Retter wieder verlassen zu können. Der einzige Grund der ihn zögern ließ, war Geraldine, die Tochter der Familie Dubois. Sie hatte sich besonders aufmerksam um seine Genesung bemüht. Und als Dank dafür, hatte er sie verführt. Was er dabei übersehen hatte, war die Tatsache, dass die Familie Dubois weit abgelegen von einer Stadt, geschweige denn einem Dorf, inmitten eines Waldes wohnte und Geraldine somit keine Freunde besaß. Vom ersten Augenblick an, klammerte sie sich an Pierre und ließ ihn keine Minute aus den Augen. Was sich natürlicherweise noch verstärkte, nachdem er sie ihrer Unschuld beraubt hatte. Sie bildete sich ein, ihren Erretter gefunden zu haben. Ihren zukünftigen Mann, der sie aus der Einöde befreien würde. Der ihr die große weite Welt zeigen und sie mit Geschenken überhäufen würde. Schließlich hatte er doch einen angesehenen Beruf. Es musste Gottes Wille gewesen sein, dass Armond Bechameré ans Ufer gespült wurde, nachdem er aus Unachtsamkeit von den Klippen gefallen war. Und selbst wenn er im Moment mittellos war, da die peitschenden Wellen ihn jeder Habe beraubt hatten, so war es ihm doch ein leichtes, von der nächsten Stadt aus, sein Bankguthaben abzurufen. So hatte er seinen Rettern immer und immer wieder versichert, er würde sich erkenntlich zeigen, sobald er die weite Reise antreten könne.

Nach einer Woche war seine Genesung bereits so weit fortgeschritten, dass er sich eigentlich auf den Weg hätte machen können. Doch der Gedanke Geraldine und die kräftige Hausmannskost die man ihm vorsetzte verlassen zu müssen, schmerzte doch ein klein wenig und außerdem tat die Bequemlichkeit gut. Also gab er Schwindel und Doppelsichtigkeit vor. Und so verstrichen die eintönigen Tage in dem winzigen Haus, das von dichtem Wald umgeben war. Er war dankbar, sich in diese Einöde zurückziehen zu können. Hier würde man nicht nach ihm suchen.

Jeden dritten Tag begleitete er Geraldine zum Strand, der einige Kilometer entfernt lag, um dort Treibholz aufzusammeln, welches ihre Mutter zum Anfeuern des Küchenofens benötigte. Eine gute Möglichkeit, um sich unbeaufsichtigt der Schönen nähern zu können. Sie gab sich ihm hin, ohne sich zu zieren oder zu zögern. Sie vergötterte den Mann, der sich Armond nannte und der sie aus der Tristesse ihres Alltages befreit hatte. Mit Ablauf von vierzehn Tagen allerdings, war Pierre allmählich davon überzeugt, dass er sich verabschieden müsse. Geraldine hatte sich an ihn geklettet wie ein kleines Hündchen. Nicht, dass er sie nicht wirklich mochte. Nein, im Gegenteil. Er hatte sogar das Gefühl, sich ein wenig mehr als geplant in sie verliebt zu haben. Aber, und das durfte er nicht zulassen, sie würde ihn nicht ziehen lassen und für seine Pläne wäre sie ihm nur ein Klotz am Bein. Er konnte sie nicht mit sich nehmen. Und außerdem, so wusste er aus Erfahrung, würde sie ihn am Ende doch nur langweilen. Denn so angenehm eine hingebungsvolle Frau wie Geraldine war, genauso lästig würde sie ihm werden. Eine Weile wäre es gut, wie ein Edelmann bedient zu werden, aber eben nur eine Weile. Geblendet von ihrer Schönheit, hatte er ohnehin schon zu lange ausgeharrt. Er musste seinen Weg fortsetzen.

Am Abend des vierzehnten Tages, als Madame Dubois den Eintopf auftrug, sagte Pierre wie nebenbei:

»Es wird Zeit, dass ich mich wieder auf den Weg mache. Dank ihrer großzügigen Hilfe fühle ich mich kräftig genug, meine Reise fortzuführen.«

Geraldine blickte erschrocken von ihrer Suppenschüssel auf, wagte aber nicht, etwas zu sagen. Stattdessen ergriff ihr stets schlecht gelaunter Vater das Wort:

»Wohin soll es denn nun gehen?«

»Wie schon gesagt, ich habe für den kommenden Monat eine Verpflichtung im Ausland angenommen. Ich werde Vorträge an einigen großen Universitäten halten. Doch zuerst muss ich mit dem Schiff übersetzten. Leider werde ich mich zuvor in der nächsten Stadt noch mit unangenehmer und langwieriger Bürokratie auseinandersetzten müssen.«

Vater Dubois grunzte zustimmend. Geraldines Blick war starr auf ihre Suppe gerichtet. Eine Weile sprach niemand. Dann fragte Madame Dubois:

»Wie wollen sie reisen? Bis zur nächsten Stadt sind es mehr als dreißig Kilometer.«

»Ich nehme an, mir wird ein Fußmarsch nicht erspart bleiben.«

»Ah...«, gab Vater Dubois von sich. »Sie können den kürzeren Weg zurück zum Strand wählen, von dort aus sind es dann nur noch zwei Stunden Fußmarsch bis zum Fährpunkt Mont-Saint- Michel. Jeden Tag gehen Postkutschen von diesem Anlegeplatz aus in die nächsten größeren Städte.«

»Ja…, das wäre wohl einfacher«, gab Pierre zu. »Aber bedenken sie mein Freund, ich habe nicht eine einzige Münze in der Tasche. Somit muss ich zuerst eine Bank finden, die eine Überweisung aus der Hauptstadt vornehmen kann.«

Vater Dubois nickte. Seine Frau und Tochter schlürften wieder, scheinbar unberührt, ihre Suppen. Dann blickte der grantige Mann nach oben und suchte Pierres Augen.

»Da ist noch etwas, was ich wissen möchte«, sagte er und sein Ton hatte plötzlich etwas Drohendes an sich.

Pierre wartete überrascht ab, was der Mann zu sagen hatte.

»Was wird aus meiner Tochter?«

»Wie meinen sie?«, fragte Pierre sichtlich geschockt nach.

»Sie werden sie doch heiraten, nehme ich an«, stellte Vater Dubois in einem Ton fest, der keine Widerrede duldete.

Pierre wurde schlagartig blass. Alles Blut sackte unvermittelt schnell in seine Beine. Er musste prompt mit einer passenden Antwort aufwarten, ohne den Zorn seines Retters zu provozieren. Ohne lange zu überlegen, sagte er:

»Mein Herr, ich bin etwas überrumpelt. Ich hatte ja keine Ahnung, dass sie über…, ich meine, dass sie wissen, wie es um mich und Geraldine bestellt ist.«

Pierre hielt inne, holte tief Luft und sagte mit aufgesetzt feierlicher Stimme:

»Ich bitte sie hiermit um die Hand ihrer werten Tochter.«

Ein verhaltenes Schluchzen entfuhr Geraldines Mutter. Geraldine selbst hatte den Löffel beiseitegelegt und war aufgesprungen.

»Natürlich nur, wenn Mademoisselle Geraldine meinen Antrag als gebührend erachtet.«

»Aber ja! Ja doch!«, rief Geraldine aus und fiel ihrem Geliebten um den Hals.

Sie bedeckte seine Wangen mit tausend Küssen, wie ein Kind, das ein lange gewünschtes Spielzeug endlich bekommen hatte. Pierre ließ sie gewähren und lächelte verlegen. Vater Dubois Miene hatte sich etwas aufgehellt.

»Und ich dachte schon, sie würde bis zum Sanktnimmerleinstag bei uns bleiben«, stellte Dubois sichtlich erleichtert fest und klopfte Pierre kräftig auf die Schulter. »In diesem Fall würde ich sagen, sie können mein Pferd und Wagen benutzen, um mit meiner Tochter in die Stadt zu fahren. Dort können sie gleich morgen das Aufgebot bestellen.«

Pierre schluckte hart. Mit dieser Eile hatte er nicht gerechnet. Dennoch wagte er nicht zu widersprechen.

»Denn..., mein Sohn..., erst wird geheiratet und dann könnt ihr meinetwegen hingehen, wo immer ihr wollt«, erklärte Dubois, bevor er sich wieder seiner Suppe widmete.

Damit schien das Thema erledigt. Auch Geraldine und ihre Mutter löffelten wieder einträchtig ihre Mahlzeit, als wäre nichts gewesen.

Die Familie Dubois legte sich früh zu Bett. Man musste für den großen Tag, der sie morgen erwartete, gewappnet sein. Madame Dubois hatte eine Liste von Besorgungen geschrieben, die ihr Schwiegersohn in spe und Tochter morgen beim Ausflug in die Stadt zu erledigen hatten. Man würde ein frühes Mahl bereiten, damit sie kurz nach Sonnenaufgang aufbrechen konnten.

Denn angesichts der Fülle an Vorhaben, würden sie den ganzen Tag benötigen. Man erwartete sie erst spät nachts wieder zurück. Vater Dubois hatte sich bereiterklärt, den Gaul und Wagen zur Verfügung zu stellen und war vor dem Zubettgehen, beinahe beschwingt, in den Stall gegangen, um sämtliches Zaumzeug bereitzulegen. Vermutlich kann der Alte es kaum erwarten, seine Tochter in den Hafen der Ehe zu entlassen, um bald kein weiteres Maul mehr stopfen zu müssen, dachte Pierre angewidert.

Erst als er aus dem Nebenraum Schnarchen vernahm, stand Pierre vorsichtig aus seinem Bett auf. Er schlich zur Türe hinüber, um daran zu lauschen. Dubois Gegrunze war unverkennbar und auch Madames Atmen war laut genug. Doch konnte er nicht ausmachen, ob Geraldine ebenfalls entschlummert war oder ob der Aufregung des bevorstehenden Ereignisses, keinen Schlaf finden konnte. Egal, entschied Pierre, ich muss es jetzt wagen oder ich werde an die Kette gelegt. Leise schlüpfte er in die Kleider, die Vater Dubois ihm großzügig überlassen hatte, schnürte seine Schuhe und schlich sich aus dem Haus. Im Dunkeln tastete er sich hinüber zu dem Unterstand, der der alten Mähre als Stall diente. Das Tier schnaubte geräuschvoll auf, als es Pierre kommen hörte.

»Schschsch...«, versuchte Pierre es zu beruhigen und tätschelte es am Hals.

Dann tastete er nach dem Zaumzeug und legte es dem willigen Gaul an. Ohne viel Lärm zu machen, führte er das Tier aus seiner Behausung. Sie überschritten das kurze Stück Rasen, das Vater Dubois neben dem Haus kultiviert hatte, vorbei an dem reichlich bestückten Gemüsegarten, direkt hinein in den Wald. Er hatte keine

Ahnung, wohin er musste. Er würde seinem Gefühl folgen. Dinan war eine der größeren Städte und soviel er wusste, lag sie östlich von Mont-Saint-Michel. Sobald die Sonne aufging, hätte er eine gewisse Richtung vor sich, bis dahin wollte er nur versuchen, möglichst weit vom Hause der Dubois fort zu kommen. Er blickte sich ein letztes Mal um, doch die Finsternis hatte das kleine Haus schon verschlungen.

# In New York standen mehrere Häuser unter Wasser ...

... Und hektische Betriebsamkeit hatte sich schon in den frühen Morgenstunden breitgemacht. Viele der Bewohner versuchten die Schäden des letzten Tages zu beseitigen. Auch Molly war seit den frühen Morgenstunden damit beschäftig das Wasser aus den unteren Räumen aufzunehmen. Eine Arbeit, die nach Stunden noch keinen wirklich sichtbaren Erfolg zeigte. Erschöpft kniete Molly im restlichen Löschwasser, das sich durch die Wandfarben, die vielen verschiedenen Teppiche und Polstermöbel zu einer unappetitlichen, braunen Brühe verwandelt hatte. Das Interieur des Lesezimmers war beinahe komplett zerstört. Sämtliche Bücher waren bespritzt worden und wiesen wellige Deckel und Seiten auf. Das Chaiselongue, das Madame Dupré schon von ihrer Mutter geerbt hatte, war mit unansehlichen Flecken bedeckt. Die Holzbeine waren durchweicht und wichen farblich vom Rest ab. Der Lack des Schreibtisches hatte sich an den Stellen gelöst, die mit dem Wasser über Stunden hinweg, in Berührung gekommen waren. Das Teezimmer und auch das Esszimmer waren in ähnlich katastrophalem Zustand. Molly hätte weinen mögen. Angesichts des Schadens, konnte sie kaum noch eine befriedigende Genugtuung empfinden. Madame eins auswischen zu wollen war etwas anderes, als das Haus der Madame Dupré in diesem Zustand zu sehen. Das gab ihr einen Stich mitten ins Herz. Wie sollte Yvette jemals imstande sein, all diese Schäden reparieren zu lassen?

Hatte sie nicht bereits, obwohl Mr. Fork aufs heftigste protestiert hatte, ein Vermögen für die Innendekoration verschwendet? Molly nahm den Lappen, tauchte ihn ins Wasser und wrang ihn über dem Eimer wieder aus. Als er gefüllt war, trug sie ihn nach draußen und goss den braunen, übelriechenden Inhalt in den Kanal. Links und rechts von ihr waren weitere Dienstboten zugange. Keines der Nachbarshäuser war verschont geblieben. Sie nickte den Arbeitenden neben sich zu und verschwand wieder im Haus. Ihr Kleid hing schwer vom aufgesogenen Wasser an ihr herab. Und obwohl der Morgen schon sehr warm war, fror sie. Sie würde krank werden, wenn sie noch länger barfuß in dieser Überschwemmung stehen musste, dachte sie und setzte ihre Arbeit missmutig fort.

Madame klingelte eine Stunde später. Dankbar, für eine Weile diesem Unheil entfliehen zu können, wrang Molly, so gut es ging, ihren Rock aus und eilte in Madames Schlafzimmer. Sie grüßte, öffnete die Vorhänge und fragte nach den Frühstückswünschen. Leise, die Stimme heiser vom gestrigen Wutausbruch, orderte Yvette ihr Frühstück. Molly trug wenige Minuten später das Essen auf.

»Wie weit bist du unten?«, fragte Madame, während Molly das Tablett mit den Köstlichkeiten über das Bett schob.

»Es scheint nicht wirklich voranzugehen. Ich...«

»Was soll das heißen?«, unterbrach Yvette ärgerlich.

»Es ist mehr Wasser als angenommen, Madame. Wenn ich einen Helfer hätte, wären wir in der Hälfte der Zeit fertig, so aber geht es sehr schleppend voran.«

»Oh..., da haben wir aber eine ganz feine Dame! Wünscht das Dienstmädchen etwa eine Bedienstete?«

Gellend lachte Yvette auf. Sie steckte sich ihre Serviette in den Halsausschnitt des Nachthemdes und fuhr in hochnäsigem Ton fort:

»Vielleicht solltest du ein Stellengebot ausschreiben. Wenn wir Glück haben, kann nächste Woche ein neues Mädchen anfangen, dann kann es im ungünstigsten Falle nur noch weitere fünf Tage dauern, bis die Überschwemmung beseitigt ist.«

Molly blickte stumm auf ihre nackten Füße.

»Madame..., ich wollte nicht...«

»Verschwinde! Geh mir aus den Augen und behalte zukünftig deine Weisheiten für dich!«

Wie ein geprügelter Hund schlich Molly aus dem Zimmer. Sie zog eine feuchte Spur hinter sich her, wo immer ihr Rock den Boden berührte. Den Tränen nahe, machte sie sich wieder an die Aufräumarbeit. Wut und Zorn schwelgten wie eine Flamme in ihr, die nur darauf wartete, zu einem lodernden Feuer entfacht zu werden.

Gegen Abend hatte sie das Wasser beseitigt und die Räume notdürftig gesäubert. Der Schaden war immens. Die gesamten erdgeschossigen Räume bedurften einer gründlichen Renovierung. Das Mobilar war, bis auf wenige Ausnahmen, vom Wasser stark beschädigt worden. Alleine die Wiederherstellung der Sitzgarnitur würde ein Vermögen verschlingen.

Madame war kein einziges Mal nach unten gekommen. Auch hatte sie auf das Mittagessen und ebenso auf das Nachtmahl verzichtet. Sie hatte den kompletten Tag im Bett verbracht und sogar einen angemeldeten Besuch von Mr. Fork abgewiesen. Wütend auf das Unglück, das ihr widerfahren war, haderte sie mit ihrem Schicksal.

Nachdem Molly ein letztes Mal nach Madame gesehen hatte, ging sie zu Bett. Die Anstrengung des Tages war ihr in die Glieder gefahren. Schwerfällig ließ sie sich auf die Matratze fallen. Sie tastete nach der Spieluhr, die auf ihrem Nachttischchen stand und öffnete den Deckel. Die zarte Melodie von Sur-le-pont-d'Avignon erklang. Molly schloss die Augen und schlief augenblicklich ein.

Mitten in der Nacht, wurde sie von einem lauten Geräusch geweckt. Sie schreckte nach oben und lauschte. Wieder vernahm sie ein Poltern. Es kam aus der untersten Etage. Was konnte nur geschehen sein? Einbrecher? Molly zündete ihre Lampe an und schlich zur Türe. Vorsichtig öffnete sie diese und lauschte. Deutlich konnte sie hören, dass jemand schwere Gegenstände um sich warf. Sie schritt langsam, nur im Nachthemd gekleidet, mit der Lampe in der rechten Hand, die steile Treppe hinab zur Galerie, wo sich Madames Schlafzimmer befand. Die Türe zu ihrem Zimmer war geschlossen, kein Laut drang heraus. Mutig schritt Molly die nächste Treppe hinab, die direkt in die Eingangshalle führte. Wieder vernahm sie lautes Krachen. Dieses Mal konnte sie den Lärm genau orten. Er kam aus dem Lesezimmer. Molly atmete tief durch, löschte die Lampe, stellte sie auf den Absatz der Treppe und tastete sich zum Lesezimmer vor. Ein schmaler Lichtstreifen drang durch die Türe, die einen spaltbreit offenstand. Vorsichtig lugte Molly in das Innere des Lesezimmers. Was sie da sah, ließ sie augenblicklich einen Schritt zurückweichen. Madame Yvette tobte durch das Zimmer wie eine Furie. Blind vor Wut warf sie sämtliche Bücher aus den Regalen. Sie war ebenfalls nur mit einem Nachtkleid bekleidet und ihr langes Haar hing lose, in wirren Strähnen vom Kopf. Sie ist wahnsinnig geworden, war das erste, das Molly durch den Kopf schoss. Sie hatte vermutlich den Verstand verloren.

Molly sammelte sich einen Augenblick, dann trat sie langsam ein. Madame stand nun völlig still, den Rücken zur Türe, mitten im Raum und starrte vor sich hin. Molly räusperte sich, um die Aufmerksamkeit auf sich zu lenken und, um die offenbar völlig durchgedrehte Frau nicht zu erschrecken. Yvette fuhr herum und starrte Molly an. Sie sagte kein Wort. Ihr Blick ging ins Leere. Sie stand nur da, wie ein Geist.

»Madame...?«, sprach Molly sie leise an. »Madame..., was tun sie da?«

Als wäre die Trance mit einem Male von ihr abgefallen, zuckte Yvette zusammen. Ihre Miene wurde bitterböse und sie fauchte das Dienstmädchen an:

»Ich will dieses Mistzeug loszuwerden. Diesen aufgeweichten Plunder, den du nicht im Stande warst zu entfernen!«

»Aber..., ich wollte nicht ungefragt ihre Bücher..., ich meine, wir müssen erst überlegen, wie wir den Schaden reparieren sollen. Ich wollte nicht eigenmächtig eine Entscheidung...«

»Unsinn! Unsinn und nochmals Unsinn! Du bist ein stinkfaules, egoistisches Stück! Und nun rate ich dir, pack mit an und zwar sofort!«

»Madame..., es ist mitten in der Nacht. Wir sollten erst zu Kräften kommen, bevor wir uns dieser Aufgabe widmen«, rechtfertigte Molly sich zaghaft. »Und sehen sie nur, diese Bücher sind völlig unbeschädigt.«

Molly deutete auf einen Stapel Bücher, den Madame trotz der offensichtlichen Unversehrtheit zu Boden geworfen hatte. Unbeeindruckt von Mollys Worten ging Madame Yvette de Castanac auf sie zu. Sie baute sich vor dem Dienstmädchen auf. Ihr Blick war angsteinflößend und instinktiv wich Molly einen Schritt zurück. Dann, völlig unvermittelt und mit der Kraft einer Wahnsinnigen, machte Madame einen Satz nach vorne und hieb plötzlich mit den Fäusten auf Molly ein. Sie traf sie im Gesicht, an den Schultern, dem Brustbein, im Nacken. Molly hob schützend die Arme nach oben, doch die Schläge trafen sie ungebremst. Sie ging in die Knie und kauerte sich zusammen. Die Fäuste flogen wie ein Steinhagel auf ihren Rücken nieder und Madame brüllte unablässig:

»Wage nicht mir zu widersprechen! Wage nie mehr, mir zu widersprechen!«

# St. Malo lag nur noch wenige Stunden entfernt ...

... Und Pierre war erstaunt, wie schnell ihn seine Reise vorangebracht hatte. Mit jedem Kilometer, den er sich weiter von dem Haus der Familie Dubois entfernt hatte, schmolz auch sein schlechtes Gewissen Geraldine gegenüber. Und als er schließlich die gewaltige Stadtmauer von Saint Malo vor sich sah, war die Schöne gänzlich vergessen.

Da lag sie, die Stadt mit dem großen Hafen, von dem aus Schiffe in alle Teile dieser Erde fuhren. Ehrfürchtig ritt Pierre auf dem alten Ackergaul der Stadt entgegen. Wahrlich eine Festung tat sich da vor ihm auf. Er hielt das Pferd an, um den Anblick eine Weile zu genießen. Für einen kurzen Moment kehrten die Gesichter der Familie, die ihn so großzügig aufgenommen und gepflegt hatte, in sein Gedächtnis zurück. Doch mit einem Kopfschütteln gelang es ihm, sie aus seinem Gehirn zu vertreiben. Mit einem festen Schenkeldruck trieb er den erschöpften Gaul an und ritt weiter.

Die alten Festungstore waren nicht mehr erhalten, dennoch konnte Pierre die Architektur der Stadt gut erkennen. Bewundernd trat er durch einen der Torbögen in die Innenstadt ein. Kopfsteinpflaster säumte den Weg. Er stieg vom Pferd, streifte ihm die Zügel über den Kopf und führte es lahmend hinter sich her. Er schlenderte durch die Hauptstraße, bis hinauf zum Marktplatz. Dort sah er sich zwischen den Ständen um. Ganz hinten, am Ende des Marktes, erspähte er den Händler, nach dem er suchte. Pierre ging auf ihn zu. Einige Männer mit Kühen und Pferden hatten sich dort gesammelt. Es wurde gehandelt und diskutiert. Der Metzger, der mit seinem ausladenden Bauch und fleischigen Wurstfingern seiner Zunft gerecht wurde, begutachtete die Tiere genauestens. Nickte er, wurde das Vieh in einen großen Wagen verladen, ansonsten schickte er den jeweiligen Bauern, mitsamt Vieh, wieder fort. Pierre reihte sich hinter den Wartenden ein. Das Pferd schnaubte und legte die Ohren ganz nach hinten, als es von einem anderen Gaul, der in wesentlich schlechterem Zustand war, beschnuppert wurde. Das Tier stieß einen spitzen Schrei aus und schlug nach dem aufdringlichen Artgenossen aus. Nur mit Mühe konnte Pierre den Gaul zur Raison bringen. Den ganzen Ritt über hatte das Tier nicht annähernd ein solches Temperament an den Tag gelegt.

Als Pierre an der Reihe war, überkam ihn beinahe so etwas wie Bedauern, seinen getreuen Weggefährten der letzten zwei Tage, dem Abdecker überlassen zu müssen. Eigentlich hatte der Gaul ein besseres Schicksal verdient, aber für Sentimentalitäten blieb Pierre keine Zeit. Der Metzger winkte Pierre näher zu sich heran. Ohne ein Wort miteinander zu wechseln, klopfte der grobschlächtige Mann dem Gaul in die Rippen. Das Tier wich erschrocken einen Schritt zur Seite. Dann gab er ihm einen Klapps auf die Kruppe und das Tier machte einen kleinen Satz nach vorne. Der Metzger blickte dem verängstigten Tier, das zu ahnen schien, welches Schicksal auf ihn wartete, in die Augen. Dann nickte er, kramte in seiner speckigen Umhängetasche, zog einige Scheine heraus und hielt sie Pierre entgegen. Dieser blickte misstrauisch auf das dargebotene Geld. Ungeduldig wedelte der Metzger mit den Scheinen.

»Nimm's oder geh!«, blaffte der Schlachter ihn an.

Nach kurzem Zögern ergriff Pierre die Scheine, tätschelte ein letztes Mal den Hals seines vierbeinigen Fluchtkomplizen und ging davon. Er hörte, wie der Gaul in den Wagen geführt wurde. Plötzlich vernahm er die Stimme des Metzgers, der ihm lauthals nachrief:

»He..., Mann..., deine Trense!«

Pierre drehte sich um. Der Metzger hielt mit hocherhobener Hand die baumelnde Trense in die Luft. Pierre blickte dem fetten Mann direkt ins aufgeschwemmte, rotgeäderte Gesicht und schüttelte nur kurz den Kopf. Dann drehte er sich um und verschwand in der Menge.

Er kaufte sich Essen und Getränke von dem übrigen Geld, das er sich in den letzten zwei Tagen auf den kleinen Dorfmärkten, die er passiert hatte, ergaunern konnte. Von dem Blutgeld, das ihm der Metzger als Bezahlung für einen wertlosen, lahmenden Gaul gegeben hatte, erwarb er eine neue Hose und ein weißes Hemd. Er suchte sich eine Nische in der Stadtmauer, in der er sich ungesehen umziehen konnte. Dann rollte er Dubois Kleidung zusammen und stopfte sie in einen Schlitz in der Mauer. Er kämmte sich mit den Fingern die Haare zurecht und ließ sich anschließend von der Menschenmenge durch die engen Gassen schieben. Auf dem Weg zum Hafen rempelte er den ein oder anderen elegant gekleideten Herrn an. Nach und nach verschwanden die ledernen Geldbörsen in seiner Hosentasche. Pierre erreichte den Hafen nach einer halben Stunde. In der Zeit hatte er fünf Börsen ergaunert.

Fünf Börsen, von denen er hoffte, sie mögen reichlich befüllt sein.

Er beobachtete eine Weile das bunte Treiben an den Kais. Schiffe fuhren ein und aus. Reeder und Geschäftsmänner diskutierten miteinander. Passagiere schleppten schweres Gepäck und Lastenpferde, die an Karren gespannt waren, zogen ganze Ladungen vom Anlegeplatz fort. Pierre observierte die Bürozeile, die sich direkt hinter den Anlegeplätzen befand. Er holte tief Luft und marschierte auf eines der Büros zu, auf dem das Wort »Billets« aufgedruckt war. Er war angekommen. Er hatte es geschafft. Von nun an, war es nur noch eine Frage des Geldes, bis er auf einem dieser Schiffe der großen Freiheit entgegenfahren würde.

# In New York plagte sich derweil ein geschundenes Dienstmädchen ...

... Mit den Blessuren und blauen Flecken, die ihr eine offenbar Wahnsinnige zugefügt hatte. Dem Arzt, den sie aufgesucht hatte, hatte sie erzählt, sie sei die Kellertreppe hinuntergefallen.

»Sie haben großes Glück gehabt, Kindchen«, stellte dieser fest, als er ihren entkleideten Oberkörper abtastete.

Molly zuckte unter jeder seiner Berührungen zusammen.

»Eine gebrochene Rippe, eine leichte Gehirnerschütterung, eine Platzwunde am Hinterkopf und mehrere Prellungen. Damit dürften sie für einige Zeit das Bett hüten müssen.«

»Nein, nein..., das ist ganz unmöglich!«, gab Molly entsetzt zurück.

Der Arzt legte das Stethoskop zur Seite und blickte sie mit hochgezogener Augenbraue an.

»Unmöglich?«, fragte er pikiert. »Sie stellen doch nicht etwa meine Diagnose in Frage?«

Molly schüttelte heftig den Kopf. Verlegen korrigierte sie sich:

»Aber nein..., entschuldigen sie meine unpassende Antwort. Ich wollte damit nur sagen, dass ich Madame de Castanac nicht sich selbst überlassen kann. Und ich fühle mich auch eigentlich...«

»Papperlapapp!«, entgegnete der Doktor mit einer wegwischenden Handbewegung. »Sie stehen einer Genesung nur im Wege, wenn sie ihr Pflichtbewusstsein nicht etwas drosseln.«

Molly zuckte verlegen die Schultern, bereute diese Geste aber sofort, nachdem ihr ein stechender Schmerz durch den Brustkorb fuhr.

»Es sei ihnen überlassen, meine Liebe. Ich kann nur so viel tun, als ihnen zu raten. Zwingen kann ich sie nicht. Also gehen sie hin und tun sie was sie nicht lassen wollen«, ermutigte er sie, hob aber zeitgleich den warnenden Zeigefinger und fuhr in brüskem Ton fort. »Aber kommen sie nicht angerannt und jammern mir die Ohren voll, wenn die Schmerzen nicht vergehen wollen oder sie Probleme mit der Sicht bekommen.«

Damit entließ er sie. Molly reichte ihm die vereinbarte Summe und verließ seine Praxis mit einem Fläschchen Medizin gegen die Schmerzen und einem flauen Gefühl im Magen. Ein Blick auf die Turmuhr verriet ihr, dass sie schon mehr als dreißig kostbare Minuten bei dem Doktor verschwendet hatte. Dreißig kostbare Minuten, in denen er sie gemaßregelt hatte, aber im Grunde genommen nichts gegen ihre Schmerzen ausrichten konnte. Wahrlich dreißig verschwendete Minuten, dachte Molly enttäuscht. Sie vergrößerte ihre Schritte und eilte die Straße hinunter. Dann bog sie um die Ecke und fand sich vor dem Grünmarkt wieder. Sie nahm einen Zettel aus ihrer Rocktasche und raffte in kürzester Zeit alles zusammen, was sie für die nächsten zwei Tage an Lebensmittel brauchte, um Madame anständig bekochen zu können. Unter Schmerzen, begleitet von Übelkeit, machte sie sich, mit dem gefüllten Korb über dem Arm, zurück auf den Weg zum Haus der Madame de Castanac.

Das Parterre des Hauses war zwar mittlerweile ausgetrocknet, die Schäden aber noch nicht behoben. Molly trat ein und wurde, obwohl sie wusste, was sie erwartete, erneut von dem Anblick der Zerstörung überrascht. Sie seufzte und schleppte sich in die Küche. Ihre Gliedmaßen schmerzten und ihr Kopf brummte entsetzlich. Ein pfeiffender Ton ließ sich schon den ganzen Vormittag nicht aus ihren Ohren vertreiben. Sie verstaute die Lebensmittel in der Speisekammer, goss sich kalten Tee in einen Becher und setzte sich für eine Weile auf einen Hocker in der Ecke. Langsam schlürfte sie das kühle Getränk, vorsichtig darauf bedacht, keine erneute Welle der Übelkeit zu provozieren. Eine Gehirnerschütterung, hatte der Arzt gesagt. Und ruhen solle sie. Wie nur, fragte sich Molly und schloss die Augen.

Ein lautes Schimpfen drang unvermittelt an ihr Ohr. Molly riss blitzartig die Augen auf und lauschte gespannt. Madames Stimme, unverkennbar. Sie tobte. Sie schrie. Glas zerbrach. Ein hysterisches Weinen und dann Stille. Was ging da oben vor sich? Molly wurde immer blasser. Sie haderte mit ihrer Vernunft. Sie musste nachsehen, ob Madame ihre Hilfe benötigte, aber andererseits wusste sie, zu welchen Ausbrüchen die Hausherrin fähig war.

Sie schlich sich nach vorne zur Küchentüre und lugte in die Eingangshalle hinaus. Sie umklammerte den Türstock, als wäre er der rettende Ast, der sie vor dem Ertrinken bewahren würde. Mit einem Mal ging Madames Schlafzimmertüre auf. Molly wich zurück und versteckte sich, um nicht gesehen zu werden.

»Bleib! Bitte geh nicht! Warum tust du mir das an?«, kreischte Madame völlig außer sich. »Warum nur tust du mir das an?«

»Lass mich los! Lass los, du zerreißt mir ja meine Kleidung!«, erwiderte eine Männerstimme, die Molly sofort als die von Mr. Phillip Fork erkannte.

»Du musst mir helfen!«, bestand Madame fordernd.

»Nein, du musst lernen dir selbst zu helfen! Ich kann nicht auch noch für dich Verantwortung übernehmen. Ich habe schließlich eine Familie!«

Molly hörte Schritte. Offenbar war Fork dabei, die Treppe hinunterzusteigen. Doch dann blieb er wieder stehen, als Madam ihn anfuhr:

»Du hast eine Obligation mir gegenüber zu erfüllen!«

»Ha! Und die wäre, bitteschön?«, fauchte Fork böse zurück.

»Ich bin deine Geliebte! Du hast mich benutzt und jetzt willst du mich loswerden. Aber so einfach geht das nicht, mein Lieber!«

»Du warst meine Geliebte«, korrigierte Mr. Fork sie abschätzig. »Und glaube nicht, dass du mich erpressen kannst, Teuerste!«

»Ich verlange eine Entschädigung! Hörst du…? Ich will für die Zeit, die ich mich mit dir verlobt wähnte, entschädigt werden!«

Molly schluckte. Sie konnte nicht glauben, zu welchen Mitteln Madame zu greifen imstande war. Yvette schleuderte ihm ohne Skrupel Lügen ins Gesicht. Diese Frau war eine Gesandte des Teufels. Eine doppelzüngige Schlange, der jedes Mittel recht war, um an Geld zu kommen.

»Widerlich!«, spuckte Fork verächtlich aus. »Widerlich und billig! Eine Hure bist du also! Nichts anderes als eine billige Straßenhure! Willst dich bezahlen lassen, um aus der Misere zu entfliehen, in die du dich selbst geritten hast! Und von wegen verlobt! Rein rechtlich kann ich dir nie ein Eheversprechen gegeben haben, schließlich bin ich verheiratet!«

»Sprich nicht in diesem Ton mit mir!«, warnte Madame und polterte hörbar auf Fork zu.

Dieser wehrte sich und Molly konnte hören, wie er einige Stufen weiter hinunterging. Ein lauter Klatsch hallte durch das Foyer. Sie hatte ihn geschlagen! Sie hatte ihn tatsächlich geschlagen! Nun würde auch Fork ihren rasenden Wahnsinn zu spüren bekommen. Molly stand fiebernd vor Aufregung in die Ecke gedrängt. Sie wartete auf einen weiteren Wortwechsel oder einen unzügelbaren Zornesausbruch. Doch nichts dergleichen geschah. Forks Schritte folgten den Stufen hinab, bis er in der Halle angekommen war. Dort verharrte er und sagte betont ruhig:

»Madame, ich rate ihnen, ab jetzt einen anderen Rechtsbeistand zu konsultieren. Einen, der zahlungskräftiger ist als ich es bin. Einen, dem es nichts ausmacht, wie ein Geldesel gemolken zu werden und einen, der es versteht, sämtliche ihrer niedrigen Bedürfnisse zu befriedigen. Ich für meinen Teil, möchte mich an dieser Stelle empfehlen.«

Mit diesen Worten ging er auf die Haustüre zu, öffnete sie und schloss sie von außen wieder. Molly konnte nicht hören, ob Madame sich von der Stelle bewegte. Sie musste noch auf den obersten Treppenstufen stehen. Es war unmöglich zu sagen, in welcher Gemütsverfassung sie sich befand. Verängstigt wagte Molly nicht, sich zu zeigen und verharrte so lange in ihrem Versteck, bis sie nach Minuten, die sich endlos in die Länge zogen, die Schlafzimmertüre knallen hörte. Erst dann kam sie hervor. Schweiß rann ihr in Bächen über den Rücken. Übelkeit wallte in ihr auf. Doch trotz der Unpässlichkeit die sie empfand, überkam sie ein süßes Gefühl der Rache und Genugtuung. Was sie da eben gehört hatte, kam einem Todesstoß gleich. Wenn Mr. Fork sich von Madame abwandte, und das hatte er mehr als deutlich getan, dann gäbe es keinen Gönner mehr, der dieser Verschwenderin beistehen würde. Und nachdem sich der reiche Herr aus Frankreich auch nicht mehr gemeldet hatte, konnte Molly nur noch zu einem Schluss kommen – Madame hatte es wider Erwarten nicht rechtzeitig geschafft, ihre Schäfchen ins Trockene zu bringen.

## In St. Malo gab es nur eine annehmbare Pension ...

... die Pierre zusagte. Keinesfalls wollte er in einem der Rattenlöcher hausen, in denen sich die Arbeiterklasse tummelte, die von Hilfsarbeiten an den Anlegestellen lebten. Mit einer Arroganz, die ihm eigentlich nicht zustand, betrachtete man die Art und Weise auf die er sein Geld verdiente, blickte er auf die einfache Bevölkerung nieder. Zwar fand er unter ihnen Sauf- und Zechkumpanen, aber keine wahren Freunde. Pierres ursprüngliche Bildung verleitete ihn dazu, sich stets als einen niveauvollen, galanten jungen Mann zu verstehen. Auch wenn im Moment die Tatsache, dass er nur billige Kleidung und wenig Geld besaß, dagegensprach.

Die Stirn in Falten gelegt, studierte er ausgiebig den Fahrtenplan der nächsten Wochen. Die »Queen Mary« würde in zwei Tagen den Hafen verlassen und nach Amerika übersetzen. Aber zwei Tage war nicht genügend Zeit, um das Geld für das kostspielige Ticket zu beschaffen. Ärgerlich starrte er auf das Blatt Papier vor sich. Er konnte nicht umhin, sich für das nächste Schiff eintragen zu lassen. Das hieß, noch weitere vierzehn Tage in Saint Malo zu verbringen. Vierzehn Tage, die, so hoffte er, ihm die Taschen füllen würden. Vierzehn Tage, die er unermüdlich, vor allem aber unentdeckt, die Börsen der Vorbeigehenden leeren musste. Er rechnete im Kopf nach, wie viele Francs er täglich stehlen musste, um sich ein Erste-Klasse- Ticket leisten zu können. Natürlich könnte er auch zweiter oder gar dritter

Klasse anreisen, aber welches Bild würde es bei der guten Madame de Castanac hinterlassen, wenn er erst mit den letzten Passagieren die Rampe hinabschreiten würde? Nein, nein, das konnte er nicht riskieren. Er musste den Schein wahren. Und außerdem, so sagte er sich, finde ich das notwendige Taschengeld nicht im Laderaum des Schiffes, in dem sich höchstwahrscheinlich die schwitzenden Leiber der fast mittellosen Einwanderer, dicht aneinanderdrängen würden.

Pierre streckte sich auf dem quietschenden Bett aus, schloss die Augen und gab sich einige Zeit seinen Tagträumen hin. Es würde wunderbar werden. Eine Überfahrt, die beinahe drei Wochen dauerte. Eine Schiffsreise, auf der er, von wunderschönen Frauen umgeben, das Diner am Kapitänstisch genießen und sich am Sonnendeck den Fahrtwind um die Nase wehen lassen würde. Alle seine Träume rückten in greifbare Nähe. Alles Elend, alles Schicksal, alle Fehlschläge, würden mit einem Male vergessen sein. Er steuerte einer gesicherten Zukunft entgegen. Einer Zukunft, die er mit einer Frau verbringen würde, von der er nur wusste, dass sie Immobilien besaß. Eine Frau, die in seiner Fantasie keine Schönheit, aber zumindest eine elegante Erscheinung war. Die ihn aushalten und beherbergen würde. Eine Frau, der er alle Wünsche erfüllen würde, zumindest so lange, bis er sich alles angeeignet hatte, was er für ein sorgloses Leben brauchen würde. Er müsste eben nur eine zeitlang in den sauren Apfel beißen, bis er Madames Vertrauen gewonnen hatte. Und wenn ihm diese Rolle nicht gefiel..., fragte er sich und lächelte zufrieden, dann, so dachte er, könne er sich immer noch aus dem Staub machen. Überleben war für ihn keine Kunst, vielmehr etwas, das er perfekt beherrschte.

Nach einem langen, komatösen Schlaf, aus dem er nur erwachte, weil ein Zimmermädchen klopfte und fragte, ob er noch frühstücken wolle, da man ansonsten das Gedeck nun entfernen würde, begab er sich in die Gaststube und ließ es sich schmecken. Dann fragte er den Wirt, welche Amusements dieser Ort zu bieten hatte. Der Wirt, ein kränklich aussehender, alter Mann, dürr wie ein ausgemergelter Ackergaul, empfahl ihm augenzwinkernd die Wettbüros, die von englischen Gentlemen geleitet wurden und sich überall in der Stadt befanden. Wetten war illegal, aber die Behörden schienen ein Auge zuzudrücken. Zumindest in St. Malo, das hauptsächlich von Seeleuten und fremdländischen Menschen bevölkert war. Pierre dankte mit einem Nicken und machte sich auf, die Stadt zu erkunden.

Der Mittag verlief besser als geahnt. Innerhalb kürzester Zeit füllten sich seine Taschen mit dem Geld anderer Leute. Gut gelaunt, besuchte Pierre am späten Nachmittag ein Kaffee. Er schaffte sich Platz auf dem Tisch, indem er die Zuckerdose, die obligatorische Blume und die Karte, die das Tagesmenü anzeigte, zur Seite schob. Er stellte ein Tintenfässchen vor sich auf, zog den eben erworbenen Füller darin auf und begann an Madame de Castanac zu schreiben. In höflichen, verschnörkelten Worten, verkündigte er sein Kommen. Er gab das Datum, zu dem die Schifffahrtsgesellschaft versicherte in den Hafen von New York einzulaufen, an. Schwulstig beschrieb er seine Vorfreude, Madame endlich kennen lernen zu dürfen und versicherte immer und immer wieder, wie wunderbar die

Beschreibungen ihrer Person, durch seine werte Frau Mama – Gott hab sie selig – gewesen waren. Er faltete den Brief, steckte ihn in ein Kuvert und bat den Ober, ihn versiegeln zu lassen. Dieser gab ihn wieder an Pierre zurück, mit einem Siegel des Kaffeehausbesitzers auf der Rückseite versehen. Zufrieden blickte Pierre auf das Schreiben, drehte es in seinen Händen und wusste, nun war es also amtlich. Es gab keine Ausflucht mehr. Kein Weglaufen vor der Zukunft. Nun musste er es anpacken. In vierzehn Tagen würde sein Name als Erster-Klasse-Passagier auf der Liste der »Freedom« stehen und er würde erwartungsvoll einem neuen Leben entgegenfahren. Vierzehn Tage, in denen er aus Pierre, der wieder ganz unten war, den ehrwürdigen Armond Bechameré machen musste. Jenen Armond, der mit Maßanzug und edlem Gepäck reisen würde. Jenen Armond, der einen hohen Stellenwert und Ansehen in Paris besaß. Er erhob sich. Es gab viel zu tun und er täte gut daran, sich zu sputen. Kein Zweifel, so verriet sein entschlossener Blick, ich werde besser sein als Armond Bechameré es je war.

## In New York war Madame jedes Hoffen auf ein Zeichen vergangen, ...

... als plötzlich und völlig unerwartet ein Brief aus Frankreich eintraf. Enttäuscht darüber, dass Madame doch noch einen möglichen Retter in petto hatte, händigte ihr Molly das Schreiben aus. Ohne Umschweife verwies Madame Molly des Leseraumes und befahl ihr, die Türe hinter sich zu schließen. Molly tat wie ihr befohlen, verharrte aber lauschend vor der geschlossenen Türe. Sie hörte, wie Madame das Siegel brach. Dann herrschte lange Ruhe. Molly wollte sich gerade von der Türe abwenden, als sie einen spitzen Schrei aus dem Inneren des Raumes hörte. Erstarrt blieb sie stehen. Was hatte Madames Ausbruch zu bedeuten? War sie über etwas entsetzt, das Monsieur Bechameré ihr mitgeteilt hatte? Ein zweiter Ausruf ertönte. Eilige Schritte kamen auf die Türe zu und Molly zog sich hastig zurück. Madame riss die Türe auf und rief ungeduldig ihren Namen. So, als wäre sie in der Küche beschäftigt gewesen, kam Molly um die Ecke und fragte nach Madames Begehren.

»Putz das Haus!«, rief Madame aus. »Putze jeden Winkel und jede Ecke! Wir bekommen wichtigen Besuch!«

Molly stand mit offenem Mund und starrte die Hausherrin an. Diese machte eine ungeduldige Handbewegung und blaffte:

»Und beeile dich damit! Wir haben nur noch zwei Tage Zeit! Bis dahin soll alles in bester Ordnung sein!«

»Aber..., die unteren Räume..., Madame? Werden wir diese...«

»Das lass meine Sorge sein. Bald werden wir einen Mann im Hause haben, der sich um die Schäden kümmern wird«, unterbrach Yvette sie in ungewohnt euphorischem Ton.

Er würde also kommen! Monsieur Bechameré würde tatsächlich kommen und Madame zur Frau nehmen, nur, um mit diesem Schritt eine Immobilie zu erwerben, die ihm eine neue Heimat bieten konnte. Wie um alles in der Welt, konnte ein Mann sich darauf einlassen? Molly war fassungslos. Wortlos drehte sie sich um und zog sich in ihr Zimmer zurück. Sie musste einen Moment alleine sein. Sie musste ihre Gedanken sortieren und eine Entscheidung treffen. Aber welche Entscheidung? Was blieb ihr anderes übrig, als diese Farce mitzumachen? Welche Wahl hatte sie? Und was ging es sie eigentlich an? Möglicherweise war dieser Herr aus Frankreich ein sehr netter, anständiger Herr, für den zu arbeiten eine Freude sein würde. Ja, womöglich! Was sie mehr belastete, war die Tatsache, dass Madame ihren Kopf wieder einmal aus der Schlinge gezogen hatte. Scheinbar ging in ihrem Leben alles auf. Alles! Egal, wie sie sich verhielt. Egal, wie sehr sie andere Menschen erniedrigte. Egal, wie sehr sie andere verletzte. Von irgendwoher eilte stets Hilfe. Warum? Was hatte dieser kalte Engel nur an sich? Konnte es sein, dass diese Frau auch Gott getäuscht hatte? Gab es keine Gerechtigkeit?

Molly saß auf der Kante ihres Bettes, die Spieluhr der Madame Dupré auf ihrem Schoß, als eine wütende Yvette, ohne anzuklopfen, in ihr Zimmer stürmte.

»Was, um alles auf dieser Erde bringt dich dazu, dich hier auszuruhen, während ich nach dir rufe?«, schrie sie

Molly an. »Habe ich dir nicht gerade gesagt, du sollst dich um das Haus kümmern.«

Madame ging einen Schritt näher auf Molly zu. Diese wich instinktiv ein Stück zurück. Sie umklammerte die Spieluhr und drückte das hölzerne Gehäuse schützend an ihre Brust. Madames Augen funkelten zornig und Molly erwartete jeden Augenblick einen Schlag ins Gesicht. Doch nichts dergleichen geschah. Mit ungewöhnlicher Ruhe wandte sich Madame ab.

»Ich rate dir, dich zu sputen, sonst könnte es passieren, dass ich innerhalb der nächsten Tage eine Stelle zu vergeben habe.«

Madames Worte bohrten sich wie ein Stachel in Mollys Herz. Der zynische Ton ihrer Stimme ließ sie innerlich kochen. Doch nicht nur Rage bahnte sich einen Weg durch die Eingeweide des Mädchens, sondern noch ein anderes, sehr viel bedrohlicheres Gefühl nahm Besitz von ihr. Ein spitzer Schmerz bohrte sich unvermittelt in ihr Gehirn und kleine Blitze zuckten vor ihren Augen. Molly fühlte sich wie irr. Als wäre sie nicht mehr Herr ihrer Sinne. Etwas in ihrem Inneren schien explodieren zu wollen. Mit einer plötzlichen Bewegung erhob sie sich von ihrem Bett, machte einen großen Schritt auf Madame zu, die gerade im Begriff war, die Dachkammer zu verlassen und hielt sie mit einer Hand an der Schulter fest. Wie um alles in der Welt kam sie dazu, so dreist zu sein und aufzubegehren? Ärgerlich wirbelte Yvette de Castanac herum.

»Was bildest du dir ein?«, fauchte sie.

Im gleichen Augenblick hob Molly die Spieluhr weit über ihren Kopf und bevor Madame realisierte, was ihr widerfahren würde, traf sie ein harter Schlag. Madames Augen weiteten sich erschrocken. Sie starrte Molly fragend an, doch war sie unfähig ihre Stimme zu finden. Mit erneuter Wucht ließ Molly die Spieluhr auf Madames Kopf niedersausen. Ein splitterndes Geräusch erklang. Molly wunderte sich, ob es von den Innereien der Spieluhr herrührte oder von Madames Schädel, die inzwischen vor ihr auf die Knie gesunken war. Von einer irrsinnigen Ruhe getrieben, schlug Molly ein letztes Mal mit aller Kraft zu. Ein leises Stöhnen entwich Yvettes Mund, der von einer blutigen Spur überzogen war, bevor sie nach hinten kippte und hart auf den Plankenboden schlug. Ihr Oberkörper lag reglos, während ihre Knie noch nach hinten abgewinkelt waren. In dieser grotesken Körperhaltung und mit vor Entsetzen weit aufgerissenen Augen, lag sie auf der Türschwelle der Dienstbotenkammer.

Das Mädchen blickte seelenruhig auf ihre Hausherrin hinab, die sie mit leeren Augen fragend anstarrte. Molly hatte nicht den geringsten Zweifel, dass ihre Widersacherin tot war. Nicht das winzigste Mitgefühl regte sich in ihr. Sie hielt die Spieluhr fest gegen ihren Körper gedrückt, so als wollte sie sich daran festklammern. Dort stand sie für lange Zeit. Ihr Kopf war leer. Ein Vakuum, das jeden noch so kleinen Gedanken verdrängte. Erst als sie aus heiterem Himmel zu zittern begann, bewegte sie sich. Mit einem großen Schritt stieg sie über den leblosen Körper hinweg. Sie trat auf die oberste Treppenstufe und blickte auf die Galerie hinab.

»Was ist geschehen?«, fragte sie laut in die Stille des Hauses hinein. »Was ist denn geschehen?«

Sie drehte sich um, blickte abermals auf die Tote und stieß einen spitzen Schrei aus.

»Herr im Himmel! Was habe ich getan?«, rief sie entsetzt und blickte auf ihre Hände, in denen die Spieluhr ruhte.

Mit zittrigen Fingern hob sie den Deckel an und augenblicklich ertönte die vertraute Melodie, die sie so liebte. Sie schloss die Augen und atmete tief durch.

»Gott sei gedankt! Sie funktioniert! Sie funktioniert!«

Dann schloss sie den Deckel. Die Musik verstummte. Sie drehte die Spieluhr um und betrachtete den Bodendeckel, der von einem dunklen Blutfleck beschmutzt war. Mit dem Zipfel ihrer Schürze wischte sie darüber. Doch der Fleck blieb. Abermals versuchte sie Madames Blut zu entfernen. Mit Druck rieb sie über den hölzernen Bodendeckel, hinter dem sich die filegranen Zahnräder befanden, die die Uhr zum Spielen brachten. Plötzlich erschien ein Sprung vor ihren Augen und Molly seufzte. Die untere Abdeckung der Spieluhr war gebrochen. Vermutlich hatten die Schläge den Riss provoziert, den sie nun durch das heftige Reiben verstärkt hatte. Enttäuscht blickte sie auf die Beschädigung. Doch vielleicht, so beruhigte sie sich, würde der Deckel auch mit Riss an Ort und Stelle bleiben. Vorsichtig drehte sie die Spieluhr wieder um, als sich der Bodendeckel endgültig löste und mit lautem Geschepper auf den Treppenabsatz fiel. Und mit ihm ein stattliches Bündel Geldscheine. Viele Scheine, die lange Zeit auf den richtigen Finder gewartet hatten.

# Die Stadtmauer von St. Malo verschwand am Horizont ...

... Und Pierre starrte noch lange in die Ferne. Dies war ein Abschied für immer. Ein Abschied aus seinem Heimatland. Seine Heimat, die ihn betrogen, verraten, verkauft hatte. Seine Heimat, die ihn ins Unglück gestürzt hatte. Seine Heimat, die nie wirklich sein zu Hause gewesen war.

Die Wellen peitschten gegen den Bug. Feinste Gischttröpfchen wurden ihm ins Gesicht geschleudert. Wehmütig und befreit zugleich, suchten seine Augen das längst verschwundene Land. Er hing seinen Gedanken nach, als ihm plötzlich der Geruch von Tabak in die Nase stieg. Er wandte sich zur Seite und blickte in das Gesicht eines gutgekleideten Mannes, der einige Schritte neben ihm stand. Pierre nickte dem Herrn zu. Dieser erwiderte den Gruß, nahm wortlos ein Etui aus der Anzugtasche, öffnete es und hielt es Pierre entgegen. Pierre wählte eine der angebotenen Zigarren und ließ sich Feuer geben. Er paffte mehrere Rauchwolken vor sich her, bevor der Spender, mit einem Kopfnicken in Richtung des Etuis, in gepflegtem Französisch sagte:

»Ich habe sie aus Kuba mitgebracht.«

»Vielen Dank, Monsieur.«

»Peter Downsett, aus Kansas«, stellte sich der Fremde vor.

»Pie...«, stammelte Pierre, bevor er seinen Fehler bemerkte. »Armond Bechameré, aus Paris.«

»Sie sind geschäftlich unterwegs?«, mutmaßte der Amerikaner.

»Ja und nein. Ich bin auf dem Weg in ein neues Leben«, gab Pierre vage zur Antwort und schürte damit das Interesse des Fremden.

»Oh..., sie verlassen Frankreich für längere Zeit?«

»Sozusagen«, gab Pierre zurück und paffte an seiner Zigarre. »Ich werde wohl auf unbestimmte Zeit in New York sesshaft werden.«

»Des Berufes wegen, nehme ich an«, ließ der andere nicht locker.

»Und einer Frau wegen.«

»Mein Freund...,« belehrte ihn der Fremde nach einer kurzen Schweigepause, »...lassen sie sich sagen..., einer Frau wegen lohnt es selten, seine Heimat zu verlassen. Ich kenne mich da aus. Ich habe es mit dem Heiraten mehr als einmal versucht, musste aber feststellen, dass ich nicht für die Ehe tauglich bin.«

Pierre staunte über so viel Ehrlichkeit. Er hatte ja schon gehört, dass die Amerikaner ein äußerst freizügiges, unverkrampftes Volk seien. Dennoch war er milde schockiert. Sein Gegenüber musste es bemerkt haben, denn er forderte Pierre mit einem freundlichen Klapps auf die Schulter auf:

»Kommen sie..., ich werde ihnen ein paar Leute vorstellen. Sie spielen doch Schach, oder?«

Pierre nickte und folgte dem Mann. Sie verließen das Erste-Klasse-Sonnendeck und betraten den exklusiven Salon. Der Amerikaner öffnete galant die Türe und ließ, obwohl Pierre der wesentlich jüngere war, ihm den Vortritt. Bevor sie auf einen der Spieltische zusteuerten, räumte Downsett in väterlichem Ton ein:

»Für manche..., mein Freund..., funktioniert die Ehe aber doch. Sie könnten einer dieser Glücklichen sein.«

# In New York war ein Tag wie jeder andere angebrochen, ...

... Mit der Ausnahme, dass in einem der feinen Stadthäuser, am Tag zuvor, ein grausames Verbrechen geschehen war. Und doch, war in eben diesem Haus nichts, aber auch gar nichts von dem außergewöhnlichen Ereignis zu bemerken.

Ein knisterndes Feuer hatte die Herdplatte in der Küche erwärmt und ein Wasserkessel stand darauf. Als er zu scheppern begann, nahm Molly ihn vom Herd und brühte damit frischen Tee auf. Sie stellte ihn auf das gerichtete Frühstückstablett und stieg damit die Treppen hinauf. Ohne anzuklopfen, betrat sie Madames Schlafzimmer. Sie zog die Vorhänge zurück. So wie jeden Morgen. Dann platzierte sie das Tablett auf dem Beistelltisch, neben dem Bett. Sie blickte auf die zerwühlten Laken, hielt sich jedoch nicht damit auf, diese in Form zu ziehen.

»Das Frühstück ist gerichtet, Madame!«, rief sie in Richtung Badezimmer.

Ohne eine Antwort abzuwarten, ging sie aus dem Zimmer, die Treppen hinunter, hinaus zur Haustüre. Sie stellte sich an den Rand des Gehweges und blickte sich nach allen Seiten um. Der Morgen war noch jung und außer einigen Dienstmädchen, die ihre üblichen Einkäufe zu erledigen hatten, waren keine Menschen unterwegs. Entschlossenen Schrittes ging sie die Straße nach links, in Richtung Stadtmitte davon. Nach etwa hundert Metern sah sie die ersten Kutscher am Straßenrand warten.

»Guten Morgen!«, rief sie dem vordersten Wagenführer zu, der gerade sein Pferd striegelte, während das Tier seine Nüstern in einen Eimer Wasser gesteckt hatte und prustete.

»Hm...«, grunzte der Kutscher abwesend.

»Entschuldigen sie..., könnten sie eine Fahrt übernehmen?«

»Wann?«, kam eine muffige, viel zu knappe Antwort.

Der Kutscher putzte seinen Wallach, ohne Molly dabei anzusehen. Er ging um das Pferd herum und Molly war gezwungen, ihm zu folgen, um ihre Bitte loszuwerden.

»In einer Stunde.«

Der Mann blickte Molly abschätzend an. In ihrer Schürze und Alltagsgewand machte sie ihm scheinbar nicht den Eindruck eines gut zahlenden Fahrgastes. Er zog eine Augenbraue abschätzig nach oben, bevor er nachhakte:

»Wohin soll's denn gehn?«

»Madame de Castanac wird es sie wissen lassen«, gab Molly etwas hochnäsig zurück.

Genau in diesem Moment rief jemand ihren Namen. Molly drehte sich verduzt um und sah von weitem Sam MacIntosh, den Kutscher, der sie seit langem verehrte, auf sie zukommen. Er lachte fröhlich. Molly stutzte einen Augenblick. Er schien nicht mehr ärgerlich wegen ihrer einstigen Ablehnung zu sein. Monate waren seither vergangen. Sam, der gute Sam, selbst wenn er wollte, verbot ihm sein weiches irisches Herz nachtragend zu sein. Molly hob die Hand und winkte zurück.

»Molly! Wie schön dich zu sehen!«, rief er ihr entgegen.

»Die Freude ist ganz auf meiner Seite, Sam«, erwiderte Molly aufrichtig.

Sie reichten sich die Hände. Sam schob Molly mit beiden Händen von sich und musterte sie von oben bis unten. Dann nickte er zufrieden und meinte:

»Du siehst gut aus, Molly.«

»Danke, Sam, du aber auch.«

»Ja…, mir geht es auch hervorragend«, gab er zu, um ein wenig verlegen fortzufahren, »Ich werde demnächst heiraten, Molly.«

»Oh…«, stammelte Molly, nicht sicher, ob sie nicht soeben einen kleinen Stich in ihrem Herzen gefühlt hatte. Einen Stich, der ihr nicht zustand, rief sie sich sogleich in Erinnerung und sagte, so glaubwürdig, wie nur irgend möglich:

«Ich freue mich für dich, Sam. Deine Frau wird einen sehr, sehr guten Mann bekommen. Ich gratuliere dir von Herzen.«

»Danke, Molly«, sagte Sam, ohne dass Molly den triumphierenden Unterton zu hören bekam, den sie eigentlich erwartet hatte.

Sam war also glücklich. Obwohl sie ihm einen Korb gegeben hatte, konnte sie eine gewisse Eifersucht nicht unterdrücken. Molly wollte sich gerade wieder dem Kutscher zuwenden, als Sam sie fragte:

»Was machst du eigentlich hier?«

»Ich wollte eine Fahrt für Madame buchen.«

»Wann genau?«

»In einer Stunde etwa.«

Sam stutzte einen Augenblick, dann bot er an:

»Ich könnte Madame fahren, wenn sie wünscht.«

Der andere Kutscher legte den Striegel unwirsch auf der Kruppe des Rosses ab und wetterte laut los:

»He..., Freundchen! Das ist mein Auftrag! Die junge Miss ist zu mir gekommen, nicht zu dir! Hier geht es immer der Reihe nach!«

Sam ignorierte ihn, nahm Molly am Ellbogen und zog sie mit sich fort. Laut schimpfend schleuderte der Kutscher Sam einige unflätige Ausdrücke an den Kopf, wandte sich dann aber wieder dem Putzen zu.

»Ich werde in einer Stunde da sein. Vor eurer Haustüre. Sag das der Lady.«

»Sam..., das ist sehr nett von dir..., aber...«

»Keine Widerrede. Es wäre mir eine Freude«, sagte er galant. »Weißt du..., ich habe mich entschieden, New York zu verlassen. Meine Zukünftige kommt vom Lande und will unsere Kinder lieber weit genug weg vom Sumpf des Verbrechens und Verderbens aufziehen.«

Molly lächelte.

»Ja, das kann ich verstehen. Ich wünsche euch eine ganze Horde Kinder und alles Gute für eure gemeinsame Zukunft.«

Damit drehte sich Molly um. Eiligen Schrittes marschierte sie zum Haus zurück. Sie ließ die Haustüre hinter sich ins Schloss fallen, eilte die Treppe zu ihrer Kammer nach oben und riss sich währenddessen schon die Kleider vom Leib. Als wäre die tote Frau, die immer noch über der Schwelle lag nicht sichtbar, stieg sie über sie hinweg. Sie warf ihr Dienstbotengewand auf das Bett und hastete nackt in Madames Schlafzimmer. Dort bediente sie sich Madames Bürste, ihrer Schildpatt-Haarklammern und des Puders, der in einer goldenen Dose auf dem Frisiertisch stand. Anschließend begab sie sich in das Ankleidezimmer, suchte sich das beste der Kleidungsstücke heraus und legte es an. Sie musste die Luft anhalten, um in das seidene Sonntagskleid zu passen. Danach betrachtete sie sich im Spiegel. Es gefiel ihr sehr, was sie da sah. Hier stand sie..., eine Madame. Eine Lady. Eine gebildete, einflussreiche Frau. Eine attraktive noch dazu.

Molly nahm auf der Kante des Bettes Platz, goss sich eine Tasse des bereits erkalteten Tees ein und schlürfte sie genüsslich. Dann biss sie herzhaft in ein Stück Gebäck und schloss dabei die Augen. Wie herrlich es schmeckte. Wie herrlich sie sich fühlte. Frei und mächtig. Frei und voller Tatendrang. Sie tupfte ihre Lippen an der Serviette ab und betrachtete für einen Moment wehmütig das gestickte Monogramm. S.L.D. Sophie-Louise Dupré. Seufzend, mit Tränen in den Augen, faltete sie die Serviette, legte sie auf den Teller und rief in aufgesetzt arrogantem Ton:

»M O L LY..., wie oft soll ich dir noch sagen, du sollst sofort abräumen, wenn ich mit dem Petit Déjeuner fertig bin! Molly! Unnutzes Straßenmädchen!«

Sie erhob sich, ging nochmal auf den großen Spiegel zu, betrachtete sich und sagte zu ihrem Spiegelbild: »Schon vergessen? Molly arbeitet nicht mehr hier.«

Sie zuckte die Schulter, drehte sich um und nahm die zwei großen Koffer, einen in die linke, den anderen in die rechte Hand.

»Dann muss ich das Gepäck eben selber tragen«, sagte sie laut zu sich selbst, stieß einen theatralischen Seufzer aus und ging schwer beladen die Treppe hinunter. In der Garderobe öffnete sie einen Schrank und nahm den großen schwarzen Hut heraus, an dessen Krempe ein kleiner Schleier angebracht war. Yvette de Castanac hatte ihn anlässlich der Gedenkfeier für Madame Dupré getragen. Molly krempelte den Schleier nach unten, bis er außer ihrem Mund und Kinn, das gesamte Gesicht verdeckte. Dann öffnete sie die Haustüre, stellte die Koffer auf die oberste Treppenstufe und wartete auf die Kutsche.

Sie stand nicht lange, als Sam um die Ecke bog. Er straffte energisch die Zügel und brachte das Gespann mit einem lauten »Brrrr« zum Stehen. Rasch stieg er von seinem Kutschbock und ging auf die vermeintliche Madame zu. Zum Gruße hob er seinen Zylinder ein wenig nach oben. Ohne Aufforderung ergriff er die Koffer der Madame und trug sie zur Kutsche. Er öffnete die Wagentüre, doch Madame hob bittend die Hand und rief ihm zu:

»Un moment, s'il-vous-plaît.«

Er nickte, zum Zeichen, dass er die Französin verstanden hatte und blickte ihr hinterher, als sie nochmal im Inneren des Hauses verschwand.

Molly eilte die Treppe nach oben zu der kleinen, schäbigen Kammer. Vor dem leblosen Körper kniete sie nieder. Sie nahm ein Streichholz aus ihrer Rocktasche und zündete es an. Dann hielt sie die kleine zuckende Flamme an den Rocksaum der toten Frau. Sofort wurde der Stoff vom Feuer ergriffen und es dauerte nur Sekunden, ehe der ganze Leichnam in Feuer stand.

»Adieu Molly. Adieu Yvette«, sagte sie in monotoner Stimme.

Sie stieg die Treppen hinunter, trat ins Freie und zog die Türe hinter sich zu. Dann ließ sie sich von dem Kutscher in das Wageninnere helfen und nannte ihm, in gebrochenem Englisch, den Ort, an den zu fahren sie wünsche. Sam konnte das Gesicht der Frau durch den Schleier nicht erkennen, aber alleine ein Blick auf ihren sinnlichen Mund verriet ihm, dass sie von außerordentlicher Schönheit und Eleganz war. Eine wahre Madame eben.

# Als die Freiheitsstatue an ihm vorüberzog, ...

... klammerte sich Pierre an der Reling fest. Da war sie! Die sagenumwobene Miss Liberty, die den Weg in den Hafen New Yorks wies. Die Grand Dame, die für Freiheit und Gerechtigkeit stand. Ehrfürchtig blickte er zu ihr auf.

Peter Downsett stand neben ihm. Weniger von Ehrfurcht gepackt, denn für ihn war dieser Anblick längst zur Routine geworden.

»Ein gewaltiger Anblick, nicht wahr?«, fragte er mehr rhetorisch, um des Freundes Gefühle zu zollen.

Pierre nickte nur, ohne seinen Blick abzuwenden.

»Mein Freund..., ich muss sagen, ich habe ihre Gesellschaft sehr genossen«, riss er Pierre erneut aus seinem Staunen und legte ihm dabei die Hand freundschaftlich auf die Schulter.

Pierre wandte sich dem väterlichen Freund zu und lächelte.

»Nein, nein..., *ich* habe ihre Gesellschaft genossen. Ohne sie wäre die Überfahrt endlos langweilig geworden. Selten im Leben hatte ich das Glück, derart befruchtende Gespräche führen zu dürfen.«

Downsett zog eine Karte aus der Jackentasche und hielt sie Pierre entgegen.

»Wenn sie irgendwann einmal feststellen sollten, dass sie Hilfe brauchen oder, was ich nicht annehme, dass sie doch nicht für die Ehe geschaffen sind und sich lieber lukrativen Geschäften zuwenden wollen, dann lassen sie es mich wissen.«

Pierre nahm die Adresskarte dankend entgegen. Dann zückte der Amerikaner sein silbernes Etui und die beiden Männer rauchten zusammen die letzte Zigarre, bevor sich ihre Wege trennten.

Die Einfahrt war turbulent gewesen. Am Kai hatten sich hunderte von Menschen versammelt, die auf die Ankommenden warteten. Pierre hatte Downsett schnell aus den Augen verloren. Er irrte durch die Menschenmenge, in der Hoffnung, von einem Bediensteten der Madame de Castanac empfangen zu werden. Doch niemand hielt ein Schild mit seinem Namen in Händen. Er ging am Dock auf und ab. Erst als die letzten Menschen verschwunden waren, machte auch er sich auf. Er winkte eine Kutsche zu sich und gab dem Fahrer die Adresse.

Was er dort vorfand, schockierte ihn immens. Alles, was einst Madame de Castanacs Anwesen gewesen war, lag in Schutt und Asche. Als Pierre vor der bekannten Hausnummer stand, war die Feuerwehr gerade dabei, alles Löschmaterial wieder auf die Wägen zu laden. Die Pferde wurden neu angeschirrt und ein ganzer Tross zog von dannen. Ungläubig blickte Pierre auf die Misere, die sich vor ihm auftat. Er konnte es nicht glauben. Wieso passierte das ausgerechnet ihm? Wie, um eine Bestätigung flehend, dass es sich um einen Irrtum handelte, sprach er einen Mann an, der zuvor mit einem der Feuerwehrleute gesprochen hatte. In schleppendem, aber korrektem Englisch, fragte Pierre:

»Ist das nicht Madame de Castanacs Haus?«

»Das war es«, korrigierte der Mann.

»Mon Dieu!«, rief Pierre sichtlich blass aus und rieb sich die Augen, als müsse er ein Trugbild vertreiben.

»Alles in Ordnung?«, fragte der Mann neben ihm besorgt.

»Oui, oui..., ich bin nur nicht auf so etwas vorbereitet gewesen.«

»Ja, das waren wir auch nicht, ehrlich gestanden«, erwiderte der Mann etwas zynisch.

Dann besann dieser sich offenbar einer wichtigen Anstandsformel und streckte Pierre die Hand entgegen.

»Phillip Fork, mein Name. Ich war der Anwalt der Madame.«

»Armond Bechameré.«

Fork zog erstaunt die Augenbrauen nach oben. Sein Mund stand ein wenig offen. Dann musterte er Pierre und sagte:

»Oh mein Gott! Sie sind der Herr aus Frankreich..., äh..., Madame hat sie erwartet, wie sie mir vor kurzem berichtete.«

Pierre nickte. Seine Augen starrten in die des Anwalts. Er suchte die alles entscheidende Frage darin, doch Fork wich seinem Blick aus.

»Ist Madame..., ich meine..., war Madame im Haus, als...«, stammelte Pierre, nicht sicher, ob er die Frage taktvoll genug formuliert hatte.

»Ich fürchte ja, Monsieur. Mein aufrichtiges Beileid.«

Abermals streckte ihm Fork seine Hand entgegen. Obwohl Pierre nicht vollends verstanden hatte, was der Herr ihm mitteilen wollte, konnte er die Botschaft entschlüsseln. Er senkte den Kopf und starrte kopfschüttelnd auf seine Fußspitzen. Der andere missverstand die Geste als Trauer und fühlte sich verpflichtet, dem aus der Ferne angereisten, aufmunternd auf die Schulter zu klopfen.

Pierre jedoch empfand nichts anderes als pure Enttäuschung. Er hatte diesen langen Weg auf sich genommen, in der Hoffnung ein besseres, sorgenfreieres Leben vorzufinden. Und nun? Nun war er wieder genauso weit wie vorher. Nein, schlimmer noch. Er war gefangen in einem Land, dessen Sprache und Gepflogenheiten ihm fremd waren. Mit hängenden Schultern wandte er sich von dem Unglücksort ab. Erschöpft und resigniert schleppte er sich in Richtung Stadtmitte davon.

## Einige Jahre später auf einer Rennbahn in Lawrence, ...

... nahe Kansas City, setzte Pierre mehrere tausend Dollar auf einen Außenseiter. Peter Downsett schüttelte missbilligend den Kopf, als Pierre sich wieder neben ihn auf die Tribüne setzte. Sein alter Freund und Mentor konnte nach all den Jahren immer noch nicht verstehen, warum Armond ständig alles riskieren musste. Als Blue Thunderbird tatsächlich und völlig unerwartet als erster die Ziellinie überlief, schüttelte Downsett abermals den Kopf. Noch weniger konnte er verstehen, dass dieser junge Mann neben ihm, das Glück offenbar für sich gepachtet hatte. Dieser französische Galan, der eitel wie ein Gockel durchs Leben stolzierte, wurde sprichwörtlich vom Glück verfolgt. Seit er zu Downsett nach Kansas gekommen war, um sein Angebot anzunehmen Geschäfte für ihn und mit ihm zu machen, hatte sich auch Downsetts Vermögen beträchtlich vermehrt. Pierre war ein guter Geschäftspartner und abgesehen von einigen Ausnahmen, hauptsächlich das andere Geschlecht betreffend, verlässlich. Die beiden Männer waren im Laufe der Jahre zu engen Freunden zusammengewachsen, die sich aufrichtig respektierten. Und sie waren sich gegenseitig Zuhörer und Kumpanen, wenn es wieder einmal darum ging, dass der andere kein Glück in der Liebe hatte.

»Nun, mein Guter, darf ich dich zur Feier des Tages auf eine Flasche edelsten Champagner einladen?«, witzelte Pierre und winkte mit den Scheinen, die er soeben gewonnen hatte.

»Mir soll es recht sein. Ich weiß nicht, wie du das machst, Armond. Aber komm ja nicht eines Tages angelaufen und heul mir was vor, wenn eines dieser fragwürdigen Experimente nicht gut enden sollte.«

Pierre lachte schallend, packte den Freund am Arm und zog ihn hinter sich her. Die beiden Männer gingen an die Bar, die von einer großen Schar Menschen umringt war. Der Sommerwind wehte den Damen durch die Kleider und viele mussten ihre Hüte mit einer Hand festhalten. Pierre liebte diese Ausflüge auf die Rennbahn. Er mochte die Unbeschwertheit, das Risiko, die schönen Frauen, die Spannung. Und die Ansammlung von Menschen, die ihn immer dazu verleitete, den Herren die Börsen aus den Taschen zu ziehen. Einmal Dieb, immer Dieb. Doch er tat es nur in Gedanken. Es gab keinen Grund mehr andere zu bestehlen. Das Schicksal hatte es gut mit ihm gemeint. Die ersten Jahre in diesem Land waren hart und unbarmherzig gewesen, aber er hatte es geschafft. Jetzt war er angekommen.

Mit einer Flasche Champagner und zwei Gläsern in der Hand, balancierte er durch die Umherstehenden hindurch. Er drückte dem Freund ein Glas in die Hand, füllte es und prostete ihm zu.

»Auf das Leben und auf die...«, er unterbrach sich mitten im Satz.

Peter folgte seinem Blick und erkannte sofort die Ursache dafür, warum es dem Freund die Sprache verschlagen hatte. Dort unter einem Baum, im Schatten, von mehreren Herren umringt, stand sie. Die Frau, die Pierre schon seit Monaten den Schlaf raubte. Eine Schönheit. Elegant, schlank, unnahbar.

»Oh..., sieh an, da ist sie ja!«, rief Peter Downsett sarkastisch aus und steckte sich eine Zigarre an. »Hast sie wohl schon vermisst, alter Freund?«

»In der Tat habe ich nichts anderes getan, als nach ihr Ausschau zu halten. Wenn ich doch nur wüsste...«

»Nein, da mach dir keine Hoffnungen«, unterbrach Downsett ihn abwinkend. »Ich habe gehört, sie sei ein Eisblock. Eine eiserne Jungfrau, die sich von den Männern umgarnen, aber nicht betören lässt.«

»Vielleicht hat sie bisher nur nicht den Richtigen gefunden.«

Downsett paffte an seiner Zigarre und blies Pierre eine dicke Rauchschwade mitten ins Gesicht. Dieser hustete, wedelte mit den Händen und sagte pikiert:

»Du kannst mich nicht davon abhalten, egal wie sehr du es versuchst. Ich habe sie oft genug aus den Augen verloren, das passiert mir nicht noch einmal.«

»Man sagt, sie sei Witwe. Reich, unabhängig und gefährlich. Das Gerücht kursiert, sie habe ihren Mann ermordet. Sozusagen eine menschliche Gottesanbeterin, die ihren Liebsten tötet, sobald...«, versuchte Peter seinem Freund Angst zu machen.

»Egal..., ich wäre dem Herrgott dankbar, wenn ich durch ihre Hände sterben dürfte«, winkte Pierre entschlossen ab.

Downsett schüttelte den Kopf.

»Du bist unverbesserlich. Diese Dame hat es dir wohl wirklich angetan. Dann mein Freund geh und versuch dein Glück! Aber denke daran, wenn du dir deine Finger verbrennst, ich werde sie dir nicht kühlen.«

Sie hatte ihn erblickt und konnte kaum noch dem Gespräch folgen, in das man sie verwickelt hatte. Wie so oft, wenn sie hier auf der Rennbahn erschien, tauchten die Herren von allen Seiten auf und wetteiferten um ihre Gunst. Verständlich, dass sie sich Feindinnen gemacht hatte. Doch was konnte sie dafür? Die Zeiten haben sich eben geändert. Heutzutage kann die moderne Frau allein zu gesellschaftlichen Ereignissen gehen. Sie störte sich nicht an dem Gerede hinter vorgehaltenen Händen. Sie störte sich nicht an den empörten Blicken, die ihr wie Blitze zugeschleudert wurden, von den Frauen, die sich in gebührender Begleitung befanden. Sie störte sich nicht daran, dass sie keine echten Freunde hatte. Es war ihre Bestimmung geworden, ein Leben zu führen, in das sie andere Menschen nicht mit einbezog. Niemand brauchte zu wissen, woher ihr Reichtum kam. Niemand brauchte zu wissen, wo sie geboren war oder ob sie jemals verheiratet gewesen war. Es amüsierte sie, die Undurchschaubare, die Mysteriöse zu spielen. Und es war erheiternd, wie viele der Herren versuchten, dem Rätsel um ihre Person auf die Spur zu kommen. Und wenn sie den Rennplatz verließ, so ging sie stets allein. Sie nahm die Kutsche, die am Ausgang auf sie wartete und niemand wusste, wohin sie fuhr und ob sie jemals wieder auftauchen würde. Niemand kannte ihr Heim. Niemand kannte ihren wahren Namen. Sie war im Laufe der Jahre immun geworden gegen die Sehnsucht, sich einen Mann an ihre Seite zu wünschen.

Bis zu jenem Tag, einige Monate zurück, an dem sie ihm zum ersten Mal begegnet war. Er hatte etwas

Melancholisches in seinen dunklen Augen. Er war ein Gentleman. Ein Draufgänger und ein verletztes Kind zugleich. Sie glaubte fest daran, dass ihre Seelen miteinander verbunden waren und nur darauf warteten, einander zu entdecken. Als sie wieder, wie zufällig, zu ihm hinübersah, trafen sich ihre Blicke. Ihr Herz setzte vor Entzücken einen Schlag lang aus. Verlegen senkte sie ihre Augen zu Boden. Ohne nach oben zu sehen wusste sie, dass er just in diesem Moment auf sie zukam.

Selbstbewusst drängte Pierre sich an den Herren vorbei, die sich vor der Angebeteten versammelt hatten. Die Gentlemen bedachten ihn mit ärgerlichen Blicken, ließen ihn aber unbehelligt passieren. Er stellte sich direkt vor sie hin und sprach sie ohne Umschweife an:

»Verzeihen sie meine Unverschämtheit, Madame, aber ich muss sie dringend sprechen.«

»In welcher Angelegenheit«, erwiderte sie betont kühl, um ihre Verlegenheit zu überspielen.

»Das ist sehr persönlich und äußerst wichtig.«

»Oh...«, rief sie erstaunt aus und nickte in die Runde. »Wenn das so ist..., dann meine Herren, würden sie uns wohl für einen Augenblick entschuldigen?«

Die Umstehenden hoben galant ihre Zylinder und verbeugten sich kurz. Sie schritt, begleitet von dem Fremden über den Rasen, bis sie außer Hörweite waren. Dann fragte sie fordernd:

»Was ist es denn nun, mein Herr, das so wichtig ist, dass sie sich erdreisten, mich mitten aus einem Gespräch wegzuholen.«

»Ich…, ich wollte sie kennenlernen, Madame«, antwortete Pierre und war sich erst in diesem Augenblick seiner Rüpelhaftigkeit bewusst.

Wenn sie ihn jetzt beschimpfen würde, hätte er es verdient und würde sich wie ein geprügelter Hund die nächsten Tage damit beschäftigen, seine Wunden zu lecken. Doch die Dame schwieg. Sie schlenderte unberührt von seinen Worten über den Rasen, immer weiter weg von der Menschenmenge. Entweder schien sie sein Werben zu genießen oder aber sie war so empört, dass es ihr die Sprache verschlagen hatte.

»Sie sind Franzose, nicht wahr?«, antwortete sie stattdessen, ohne auf seine Dreistigkeit einzugehen.

»Oui, Madame. Meinen Akzent werde ich wohl nie verleugnen können, obwohl ich schon einige Jahre in diesem Land lebe«, sagte er etwas verwirrt.

Dann fügte sie in perfektem, akzentfreien Französich an:

»Ich mag die Franzosen, Monsieur. Ich hatte eine sehr, sehr teure Freundin, die mir so lieb wie meine eigene Mutter war. Leider ist sie vor einigen Jahren verstorben und seither habe ich nur noch wenig Möglichkeit, diese herrliche Sprache zu praktizieren.«

»Doch sind sie nicht aus der Übung gekommen, wie ich hören kann«, machte Pierre ihr zum Kompliment.

»Merci, Monsieur.«

»Oh, wie töricht von mir, ich habe mich noch gar nicht vorgestellt.«

Pierre blieb mitten im Schritt stehen, wandte sich der Lady zu und hielt ihr seine Hand entgegen. Mit der anderen hob er seinen Zylinder ein wenig.

»Armond Bechameré, Geschäftsmann aus Kansas City.«

Kaum waren seine Worte verhallt, wurde Madame mit einem Male leichenblass. Sie ließ ihre Hand aus der seinen gleiten und starrte ihn erschrocken an.

»Madame…, ist ihnen nicht wohl? Sie sind ganz blass geworden. Kann ich ihnen helfen, Madame?«

Pierre erfasste instinktiv ihren Arm und stützte sie. Sie taumelte ein wenig, doch fand bald wieder einen sicheren Stand. Dennoch ließ sie es zu, dass er sie unterhakte. Sie drehte sich um und sah weit entfernt die Gesichter der Menschen, die ihnen neugierig hinterherstarrten und sich sicherlich fragten, was dieser Galan und diese Dame so vertraut miteinander zu besprechen hatten.

»Geht es wieder?«, fragte Pierre besorgt.

Sie nickte nur. Immer noch blieb sie stumm wie ein Fisch. Pierre stand sichtlich verwirrt auf der Stelle, ihren schlanken Arm durch den seinen gehakt und wusste nicht, was er sagen sollte. Was hatte sie so schockiert? Warum war sie so blass geworden? Hatte er etwas Unpassendes gesagt, das sie erregt hatte? Er konnte es sich nicht erklären.

»Sollen wir wieder zurückgehen?«, fragte er deshalb vorsichtig.

Madame schüttelte nur den Kopf.

»Nein, Monsieur. Wenn es ihnen nichts ausmacht, dann wäre ich ihnen dankbar, wenn sie mich zu meiner Kutsche geleiten würden.«

»Es ist mir eine Ehre«, gestand Pierre und schritt mit ihr über den Rasen in Richtung Ausgang.

Sie steuerten auf ihren offenen Wagen zu, der neben den vielen anderen abgestellt war. Der Kutscher stand neben den beiden Pferden und tätschelte dem Braunen liebevoll den Hals. Als er die Lady erblickte stand er plötzlich stramm, ging um den Wagen herum und öffnete die Türe. Pierre half ihr galant hinein. Sie lächelte ihn gequält an und bedankte sich für seine Höflichkeit. Dann wandte sie sich an den Kutscher:

»Bring mich nach Hause, Morris.«

»Sehr wohl, Madame de Castanac.«

Die Kutsche hatte sich schon in Bewegung gesetzt, als Pierre plötzlich bewusst wurde, was er da gerade gehört hatte. Er starrte der Vorüberfahrenden entsetzt ins Gesicht. Sie war im Begriff sich von ihm zu entfernen. Nach einer weiteren Schrecksekunde, in der die Kutsche schon beträchtlichen Abstand gewonnen hatte, sprintete er plötzlich hinter dem offenen Zweispänner her.

»Kutscher! Halten sie sofort an!«, befahl er dem Fahrer, der sogleich den Wagen mit einem Ruck zum Stehen brachte.

Pierre riss die Türe auf. Er blickte der verwirrt dreinblickenden Dame fest in die Augen und wiederholte ungläubig:

»Madame de Castanac? Yvette de Castanac?"

Sie nickte nur.

Pierre blies ungläubig die Luft aus seinen Lungen. Er schüttelte den Kopf. Unfähig, seine Sprache zu finden, flehten seine Augen um eine Erklärung. Doch Madame sagte nur, mit zittriger Stimme:

»Bitte..., lassen sie mich gehen, Monsieur.«

Er schüttelte vehement den Kopf und hielt sich an der offenen Türe starrköpfig fest.

»Ich verstehe nicht..., was ist denn passiert?«, stammelte er hilflos.

»Ich kann mich nicht erklären, Monsieur«, entschuldigte sie sich flehend. »Sie würden es nicht verstehen, Monsieur..., sie..., würden es nicht verstehen. Manche Dinge sind anders als sie scheinen. Aber bitte..., lassen sie mich jetzt gehen.«

Tränen standen in ihren Augen und der Ausdruck, den ihr Gesicht mit einem Male angenommen hatte, rührte Pierres Herz zutiefst.

»Wenn jemand verstehen kann..., dann ich, Madame«, antwortete er mit sanfter Stimme. »Ich habe sie ein halbes Leben lang gesucht und nun habe ich sie gefunden. Ich bin nicht bereit, sie einfach gehen zu lassen.«

Ungefragt, ohne sie auch nur eine einzige Sekunde aus den Augen zu lassen, stieg er in den Wagen. Er nahm ihr gegenüber Platz und betrachtete unverhohlen ihr wunderschönes Gesicht. Er beugte sich ungläubig ein Stück nach vorne, um ihr noch näher zu sein. Sie ließ ihn gewähren. Stumm sahen sie sich in die Augen. Es schien, als sei just in diesem Moment die Zeit stehen geblieben. Für die Dauer eines Wimpernschlages eingefroren.

Erst als die Tränen in ihren Augenwinkeln drohten, ihr über die geröteten Wangen zu laufen, kam Pierre zu sich. Er zog sein Einstecktuch aus der Brusttasche, reichte es ihr wortlos und sah ihr mit gebannter Faszination zu, wie sie sich die Augen trocken tupfte.

Ungläubig schüttelte er immer wieder den Kopf, blies die Luft hörbar aus seinen Lungen. Er wandte sich nach dem Kutscher um und bat ihn die Fahrt fortzusetzen. Erst als sich das Gefährt mit einem Ruck in Gang gesetzt hatte und sie ein Stück gefahren waren, entspannte er sich langsam. Er lehnte er sich in seinen Sitz zurück, ohne sie aus den Augen zu lassen.

Ein zufriedenes Lächeln umspielte seine Mundwinkel.

Noch nie hatte er einen Augenblick so intensiv wahrgenommen. Noch nie hatte er den Wind in seinen Haaren so deutlich gespürt und noch nie hatte sich sein Herz vor Aufregung und freudiger Erwartung zu solcher Größe geweitet.

Nie zuvor in seinem Leben hatte er das Gefühl absoluter Sicherheit gespürt. Doch nun, in diesem Augenblick wusste er, ohne den geringsten Zweifel, dass er gefunden hatte, wonach er so lange gesucht hatte.